소설 보다: 봄 2022

펴낸날   2022년 3월 29일

지은이   김병운 위수정 이주혜
펴낸이   이광호
주간   이근혜
편집   조은혜 최지인 이민희 박선우 방원경
펴낸곳   ㈜**문학과지성사**
등록번호   제1993-000098호
주소   04034 서울 마포구 잔다리로7길 18(서교동 377-20)
전화   02)338-7224
팩스   02)323-4180(편집) / 02)338-7221(영업)
전자우편   moonji@moonji.com
홈페이지   www.moonji.com

ⓒ 김병운 위수정 이주혜, 2022. Printed in Seoul, Korea
ISBN 978-89-320-3985-5 03810

소설 보다

봄

윤광호 | 김병운
아무도 | 위수정
그 고양이의 이름은 길다 | 이주혜

2022

차례

윤광호

김병운

2014년 작가세계 신인상을 통해 작품 활동을 시작했다.
장편소설 『아는 사람만 아는 배우 공상표의 필모그래피』와
산문집 『아무튼, 방콕』이 있다.

나는 광호 씨에 대해 잘 안다고 말할 수 있는 사람은 아니다. 만약 누군가가 내게 광호 씨가 어떤 사람이냐고 묻는다면, 나는 글쎄요, 하고 뜸을 들일 수밖에 없고, 어쩌다 지금처럼 이야기를 시작한다고 해도 '잘은 모른다'는 말로 운을 뗄 수밖에 없다. 그건 광호 씨라도 그랬을 것이다. 우리가 게이 인권운동을 하는 M 단체에서 함께 활동한 건 고작 반년 남짓이었고, '함께'라고는 해도 특별히 뭘 같이하거나 따로 어울린 건 아니었으니까. 우리는 딱 한 번 사무실 밖에서 밥을 먹었을 뿐이고 그게 전부였다.

하지만 그럼에도 나는 광호 씨에 대해 말해보고 싶다는 생각에 이따금 사로잡히곤 한다. 이를테면 해 질 녘의 버스 차창 안으로 불그스름한 빛이 쏟아져 들어오며 지친 사람들의 얼굴을 비출 때, 혹은 서늘한 바람이 내 머리카락을 흐트러뜨리곤 다른 쪽으로 서서히 불어갈 때. 길을 걷다 어디 좋은 데라도 가는지 한껏 멋을 부린 사람과 스칠 때나, 다가오는 일행에게 반갑게 손을 흔드는 사람이 보일 때도 그렇다. 광호 씨는 딱히 옷을 잘 입는 사람도 아니었고 동작이 큰 사람도 아니었지만 나는 내가 바로 여기에 있다고 말하는 것만 같은 사람들을 마주할 때마다 광호 씨를 떠올린다.

광호 씨에게는 어떤 기운이 있었다. 작은 키에 마르고 왜소한 체격이었음에도 주변에 있는 사람들보다 항상

커 보였고, 광호 씨가 커다란 안경 너머로 나를 똑바로 바라볼 때는 일순간 공기의 흐름이 바뀌는 듯한 느낌이 들기도 했다. 그건 광호 씨가 나를 자신의 곁으로 끌어당기는 힘 같기도 했고 자신이 목표하는 쪽으로 떠미는 힘 같기도 했다. 나는 광호 씨에게 성적으로 끌리거나 딴마음이 드는 건 아니었다. 하지만 광호 씨와 같은 공간에 있을 때면 어김없이 광호 씨의 존재를 의식하게 됐고, 광호 씨를 일부러 바라보지 않는 방식으로 바라보곤 했다. 이제 와 생각해보면 나는 내가 엄두도 내지 못하는 쪽으로 걸어가는, 그래서 자꾸만 나의 위치와 한계를 자각하게 만드는 광호 씨의 용기를 경계하면서도 선망했던 게 아닐까 싶다.

*

광호 씨는 2018년 4월 29일, 만 34세 나이로 눈을 감았다. 사인은 급성폐렴이었고 2년 반 가까이 폐암 투병을 했다. 어느 날 피 섞인 가래가 나와 병원을 찾았다 폐암 4기 진단을 받았다. 그간 목이 잘 쉬었던 게 단순히 피곤해서가 아니라 종양이 성대를 조절하는 신경 부위까지 침투했기 때문이라는 것도 이때 알았다. 광호 씨는 용산구 한남동에 있는 대학병원에서 두 차례의 큰 수술을 받았고 수만 그루의 잣나무에 둘러싸여 있는 가평의 한 요양병원에서 자연 치유에 힘썼다. 그리고 나중에는 생의 마지막을 정리하기 위해 어머니가 있는 구례로 내려갔다.

그 애는 날마다 노트에 뭔가를 조금씩 썼어요.

광호 씨의 어머니 신귀영 씨는 말한다.

앞쪽에는 그래도 알아볼 수 있는 게 많았어요. 누구나 한번 보면 이해할 수 있는 그런 내용이요. 그런데 뒤로 갈수록 점점 이게 무슨 소린가 싶어지더니 나중에는 전부 다 해석이 필요한 암호 같더라고요. 맞춤법도 의도적으로 틀리고요. 하지만 그 애는 그 부서지고 망가진 것 같은 문장들을 더 마음에 들어 했어요. 이제 자기 힘으로 바꿀 수 있는 건 이것뿐이고, 이렇게 하면 왠지 이 세상에 숨 쉴 수 있는 작은 구멍을 내는 것 같다나요.

광호 씨가 그 많고 많은 암 중에서도 하필 폐암이었다는 건 광호 씨 본인을 비롯한 그의 가족 모두가 의아해하는 지점이다. 가족력이 있는 것도 아니요, 흡연 경험이 있는 것도 아니었기 때문이다. 광호 씨는 태어나 한 번도, 어린 시절 호기심에라도 담배는 피워본 적이 없다.

검사 결과를 들고 다른 병원 몇 군데를 돌아다녔어요.

광호 씨의 누나 윤선희 씨는 말한다.

진단이 달라질 수 있다고 생각했다기보다는, 뭐랄까, 그래도 조금 더 희망적인 말을 듣고 싶었던 거죠. 그런데 그중 나이가 지긋한 어떤 의사 선생님이 동생분은 무슨 일을 하시느냐고 묻더라고요. 자기가 몇 년 전에 이것과 거의 유사한 상태의 폐 사진을 본 적이 있는데, 그 사람은 주물공장에서 꼬박 10년을 일했던 젊은 노동자였다고요. 유독물에 장시간 노출되어 발병하게 된 경우여서 산재 승인도 받았다고 했죠. 인생이라는 게 원래 인과관계와는 상관없이 흘러간다지만 그래도 이건 너무 억울한 것 같아요.

광호 씨의 친구이자 동료 활동가였던 밍밍 씨는 광호 씨가 유난히 억울해하던 모습을 기억한다. 하지만 그가 말하는 억울함이란 광호 씨의 누나 윤선희 씨가 말한 것과는 결이 조금 다르다.

한번은 광호 씨가 어차피 이렇게 된 거 그냥 스스로 목숨을 끊는 게 더 낫겠단 말을 한 적이 있어요. 처음에는 투병이 고통스러워 하는 말인가 보다 싶었는데 조금 더 들어보니 그게 아니었죠. 광호 씨는 아무리 생각해봐도 자기 같은 죽음은 정치적으로 이용될 명분이 없다며 아쉬워하는 거였어요. 에이즈도 아니고 자살도 아니니 커뮤니티에 그 어떠한 자극도 주지 못하는 그저 그런 죽음인 것 같다고요. 몇 시간 차를 타고 문병 온 사람한테 그런 말을 농담이랍시고 하는 괴팍한 사람이 광호 씨였죠. 아니, 그건 우스갯소리가 아니었을 수도 있어요. 광호 씨라면 진지하게 그런 생각을 했을 수도 있죠.

*

　내가 종로구 낙원동에 위치한 M 단체에 처음 발을 들인 건 2010년 1월이었다. 하고 싶은 것도 많고 되고 싶은 것도 많은 스물일곱이었고, 손을 뻗으면 왠지 움켜쥘 수 있을 것만 같은 가능성들 때문에 하루하루를 시행착오로 채워나가던 시절이었다. 그즈음 나는 2년 가까이 매달렸던 언론 고시를 때려치우고는 소설을 써보겠다며 우왕좌왕하고 있었다. 글 쓰는 일을 업으로 삼고자 기자를 지망했으나 국내에 현존하는 거의 모든 공채에서 낙방하다 보니 아무래도 이건 나랑 안 맞는구나 싶었고, 그렇다면 나랑 맞는 건 무엇이며 내가 진짜로 쓰고 싶은 건 무엇인지 곰곰이 생각하다 보니 어느새 소설 주변을 맴돌고 있었다. 소설 때문에 인생이 크게 휘청인 사람들이 대개 그렇듯 나역시 언제나 소설가의 꿈을 간직한 채 습작생의 마음으로 살아가고 있었으니까.

　하지만 정작 소설을 쓰겠답시고 각 잡고 앉아 있는 날들이 계속되자 나는 자꾸 딴짓을 하게 됐다. 소설을 쓴다는 게 본래 그런 것인지는 잘 모르겠지만, 노트북 앞에 멀뚱히 앉아 빈 화면을 들여다보고 있자니 나도 모르게 내인생을 점검하게 되었던 것이다. 나는 나라는 사람의 과거와 현재, 미래를 산만하게 오가는 질문 속에서 내가 어떤

13
윤광호

사람인지 생각하게 됐고, 그 생각이란 결국에는 어떻게든 돌고 돌아 내 게이 정체성으로 수렴했다. 이토록 외롭고 어려운 게 게이라면 그냥 그만두고 싶다는 생각을 번복하던 나날이기도 했으므로 어쩌면 당연한 흐름이었다. 돌이켜보면 그 시기의 나는 정체성을 받아들인 지 수년이 지났음에도 어째서인지 자기혐오가 나아질 기미를 보이지 않았는데—신속하게 만났다 헤어지는 게이 커뮤니티 특유의 만남 방식에 대한 환멸이 최고치에 달해 있었다—언젠가부터 친목 모임이나 술 번개 대신 성소수자 인권운동 단체 쪽으로 눈을 돌렸던 걸 보면 아마도 정체성을 인정하는 것과 긍정하는 것은 별개의 문제이며 각기 다른 노력을 필요로 한다는 것을 어렴풋하게나마 감지했던 게 아닐까 싶다.

'게이 라이프스타일 보고서' 활동가 모집 공고는 그 무렵에 발견했다. 정확히 뭘 하는 건지는 모르겠으나 일단 글을 쓰고 책을 만드는 프로젝트라고 하니 관심이 갔고, 게이 인권운동을 하는 M 단체에서 주관하는 일이니 뭐가 됐든 의미 있겠다 싶었지. 나는 그간 단체의 활동을 관심 있게 지켜보면서도 실제로 참여해본 적은 없었는데, 이 기회에 내가 할 수 있는 일로 단체와 인연을 맺어봐도 좋을 것 같다는 생각을 했다. 물론 거기에 가면 새로운 남자들이 많을 거라는 기대감이 가장 큰 동력이기는 했지만.

　'게이 라이프스타일 보고서'는 지금 여기에 실재하는 게이들의 삶의 방식을 세대별로 취재해 정리하는 인터뷰 프로젝트였다. 우리가 직접 보고 듣고 쓰지 않으면 우리의 생생한 이야기는 기록되지 않는다는 문제의식에서 출발한 기획이었고, 나를 포함한 여덟 명의 자원 활동가가 참여했다. 우리는 상반기 안에 단행본 분량의 원고를 만들어보자는 목표를 갖고 격주에 한 번씩 모였는데, 처음 한 달은 기획 및 구성 회의를 했고, 그다음 한 달은 섭외 및 인터뷰 진행을 했으며, 또 그다음 한 달은 원고 작성을 했다. 그리고 광호 씨를 만난 그날은 내가 쓴 초고를 함께 읽고 소감을 나누는 자리였다. 프로젝트의 리더였던 밍밍 씨가 좀 더 다양한 의견을 들어보면 좋을 것 같다며 그날 시간이 되는 회원들을 불러 모았는데, 그중 한 명이 광호 씨였다.

　내게 할당된 원고는 육십대 게이 인터뷰였다. 자신을 게이로 정체화한 육십대의 인생을 들여다보는 꼭지. 다행히 밍밍 씨가 섭외를 도와준 데다 — 밍밍 씨와 안면이 있는 이쪽 업소 사장님이 건너건너 소개해준 분이었다 — 인터뷰이로 참여해주신 어르신이 달변이어서 인터뷰 자체는 비교적 수월하게 진행되었다. 행여라도 뒤탈이 날 수도 있으니 녹취는 삼가 달라는 어르신의 부탁에 따라 하시

15
윤광호

는 말씀 하나하나를 메모장에 적어 내려가느라 애를 먹긴 했지만, 나는 이 인터뷰가 어째서 우리는 노년의 게이를 상상할 수 없는 것인가 하는 커뮤니티 내의 오랜 질문에 대한 하나의 응답이 될 수도 있다고 생각했다. 구술 사료적 가치가 있다고 자신했고, 먼저 원고를 읽어준 밍밍 씨로부터도 긍정적인 피드백을 받았다.

하지만 광호 씨는 시도와 노력을 높이 사주는 다른 사람들과는 달랐다. 광호 씨는 인터뷰이가 어떤 사람인지 잘 모르겠다고 했다. 인터뷰이가 언제 어떻게 자신의 정체성을 자각했으며 그것 때문에 여지껏 살아오면서 어떠한 형태의 애환을 겪었을지 유추해볼 수 있는 내용이 없다고 했다.

실제로 그랬다. 내가 정리한 내용은 대부분 파고다극장과 극동극장, 바다극장으로 대표되는, 이전 세대가 즐겨 찾던 크루징 스팟의 흥망성쇠에 대한 이야기였지, 어르신 개인에 대한 이야기는 아니었으니까. 어르신은 다 늙은 사람이 이제 와 겁낼 게 뭐 있겠느냐고 말은 하면서도 개인 정보가 드러나는 것은 극도로 조심하는 눈치였고, 결국 나중에 밍밍 씨를 통해 몇몇 부분은 반드시 삭제해달라고 요청해오기도 했다.

그때 밍밍 씨가 나를 대신해 변명하듯 섭외의 어려움을 토로했다. 우리 주변에 노년의 게이는 별로 없을뿐더러 있어도 열에 아홉은 너희들 때문에 우리까지 덩달아 위험해진다는 식으로 생각한다고, 그나마 인터뷰에 호의적인 분들도 나중의 출판 계획을 말씀드리면 모두 손사래를 치는 상황이라고 설명했다. 하지만 광호 씨는 과연 그런가 싶은 얼굴로 고개를 갸웃했다.

일단 저는 노년의 게이가 별로 없다는 말씀에는 동의할 수 없고요. 종로에 있는 이쪽 업소 백여 개 중에 상당수가 중노년을 상대로 영업한다는 거 아시죠? 그 말인즉슨 그 숫자가 적지 않은 데다 경제력도 있다는 뜻이고요. 당연히 그렇겠죠. 밝히고 살든 숨기고 살든 어쨌든 남자잖아요. 이미 사회에서 자리 잡은 분들이 많을 테고, 그러니까 더더욱 안 보일 수 있는 거죠. 저는 이 프로젝트가 해야 하는 건 그런 분들을 마이크 앞에 세우는 거라고 생각해요. 얼굴 까고 이름 밝히고 자기 얘기할 수 있는 사람을 한 명이라도 더 찾아내야 한다고요. 그리고 한 가지 더 말씀드리자면……

광호 씨가 내 쪽을 힐끗 쳐다보더니 말을 이었다.

저는 이 글에는 인터뷰어도 적당히 숨어 있다고 생각합니다. 게이이기 때문에 쓸 수 있는 글이라는 인상은 받지 못했거든요.

그날 회의를 마치고 나는 밍밍 씨에게 광호 씨에 대해 물었다. 아니, 내가 묻기 전에 밍밍 씨가 먼저 혹시 기분 나

빴다면 대신 사과하겠다며 광호 씨에 대해 얘기해줬던 것 같다. 밍밍 씨에 따르면 광호 씨는 야심 찬 활동가였다. 전교조 교사인 부모에게 일찌감치 커밍아웃하고 정체성을 인정받은 보기 드문 케이스였고, 청소년 시절부터 워낙 다양한 집회를 경험하기도 했거니와 판을 짜고 사람들을 끌어모으는 게 적성에 맞기도 해 졸업 후에는 직업 활동가로서의 삶도 염두에 두고 있다고 했다. 나중에 알게 된 사실이지만 광호 씨도 원래는 '게이 라이프스타일 보고서'의 집필자로 참여할 예정이었는데, 그 시기에 졸업 논문을 준비하는 동시에 단체에서 군형법 92조 위헌판결 촉구를 위해 새로 조직하는 행동단의 기획을 맡으면서 어쩔 수 없이 하차한 것이었다.

며칠 뒤 나는 광호 씨로부터 연락을 받았다. 모르는 번호여서 주저했더니 광호 씨였고, 그날 자신이 필요 이상으로 까칠했다며 미안해했다. 광호 씨는 내가 거듭 괜찮다고 하는데도 과도한 사과를 이어나갔는데, 여러 번 사양했음에도 밥을 사고 싶다고 했고, 자기는 원래 그런 사람이 아니라며 첫인상을 만회하고 싶다고 했다. 그리고 전화를 끊을 때쯤에는 실은 그것 말고도 상의하고 싶은 일이 하나 더 있다고 했다.

김병운

우리는 그다음 주 토요일 늦은 오후 충무로에 있는 대한극장 앞에서 만났다. 그날은 국제 성소수자 혐오 반대의 날, 일명 아이다호 데이를 기념하여 M 단체에서 프리허그 캠페인을 진행한 날이기도 했는데, 나는 거리로 나서는 건 내키지 않았기에 선약을 핑계 삼아 바로 극장 앞으로 갔고, 광호 씨는 인사동과 홍대 일대에서 예정되어 있는 활동을 모두 마친 다음 충무로로 넘어왔다. 광호 씨가 굴짬뽕을 진짜 잘하는 중국집이 하나 있다며 충무로를 고집했다.

나는 주말이라 그런지 제법 번잡스러운 극장 앞을 두리번거리다 멀찌감치 입구 쪽에 서 있는 광호 씨를 발견했다. 그리고 지난번과는 조금 다른 광호 씨의 모습에 그 자리에 얼어붙고 말았다. 광호 씨가 발목까지 내려오는 검은색 시스루 치마를 입고 있었기 때문이다. 속에 흰색 반바지를 입고 있었으므로 엄밀히 말하자면 치마만 입고 있는 건 아니었으나, 어쨌든 겉에 두른 건 치마라고 부를 수밖에 없는 것이었다. 앞서 캠페인을 하던 복장 그대로 온 것 같았다.

미친 걸까. 사람들이 안아주고 응원해주니 이래도 된다고 생각하는 걸까. 여기는 호모힐도 아니고 포차 거리도 아닌데? 나는 못 본 척 돌아서고 싶다는 충동을 느꼈다. 전화를 걸어 갑자기 집에 급한 일이 생겼다고 둘러대면 되지 않을까 싶었고, 그리 오래 기다린 건 아니니 많이 미안해할 일은 아니지 않을까 싶었다. 하지만 이런저런 생각을 감도는 사이, 나는 어느덧 광호 씨 쪽으로 다가가고 있었다. 광호 씨가 먼저 나를 알아보고는 손짓을 했기 때문이다.

광호 씨는 자신의 옷차림을 어색해하지도 민망해하지도 않았다. 내가 부릅뜬 눈으로 치마를 쳐다보자 신경을 좀 썼다며 가볍게 웃어 보일 뿐이었다. 광호 씨의 태도라는 게 너무 뻔뻔하고 당당해서 오히려 이 상황을 불편해하는 내가 잘못된 건가 싶었다. 그러므로 나는 광호 씨보다는 나를 설득하고자 했다. 광호 씨가 지금 이런 차림이라고 해서 나까지 이런 사람으로 보이는 건 아닐 거라고. 아니, 그 전에 사람들은 광호 씨에게 별 관심이 없을 것이며, 어차피 우리는 바로 식당으로 들어갈 테니 잘 보이지도 않을 거라고.

하지만 그렇게 나 자신을 다독이자 나는 좀 화가 났다. 어쩐지 몰래카메라 속 주인공이 되어 시험을 당하는 것만 같았고, 이런 식으로 아무런 동의도 없이 나를 곤경으로 밀어 넣는 광호 씨가 무례하다고 생각했다. 광호 씨 옆에 서자 이쪽을 힐끗거리는 사람들이 하나둘 눈에 들어

20
김병운

왔는데, 잠시 발걸음을 멈춘 채 우리 쪽을 노골적으로 쳐
다보던 중년의 남자와 눈이 마주쳤을 때는 순간적으로 숨
을 참게 됐다.

생각해보면 나는 그즈음 M 단체에서도 이와 비슷한
부대낌을 경험하고 있었다. 시간이 흐를수록 내가 조금씩
나아지고 있다는 확신이 들기는 했지만 동시에 이게 과연
내가 원하는 방향과 속도인지에 대해서는 의문이 있었던
것이다. 사무실 안에서 우리가 우리로서 모여 있을 때는
정말이지 괜찮았다. 정체성이 가져다주는 드라마에 울고
웃는 존재들을 확인하는 것만으로도 위로가 되었을 뿐만
아니라 앞으로 우리가 함께해야 하는 일들을 점검하고 되
새길 때는 목젖이 뜨거워지는 듯한 뭉클함을 느끼기도 했
으니까.

하지만 정확히 거기까지였다. 지붕과 벽이 있는 공간
안에서만 유효한 용기. 내가 하는 동성애가 더는 사생활이
아니게 되는 순간, 단체에서 벌이는 거리 캠페인이나 시위
활동을 통해 내가 바로 성소수자라고 세상에 소리쳐야 하
는 순간, 나는 내 안에 꿈쩍도 하지 않는 바리케이드가 있
다는 걸 실감하며 물러서게 됐다. 거기까지 가고 싶지는
않았고 거기에 있는 사람들처럼 절박해 보이고 싶지도 않
았지.

*

　그날 광호 씨가 내게 상의하고자 했던 일이란 단체에서 같이 퀴어소설 읽기 소모임을 조직해보자는 것이었다. 읽는 모임이 잘되면 쓰는 모임으로도 확장해보고 싶다는 게 광호 씨의 바람이었다. 알고 보니 광호 씨는 중고등학교 시절 교내 백일장은 물론 대학 주최의 전국 백일장에서 입상했을 정도로 '문청'이었는데 — 광호 씨는 양손 검지와 중지를 굽혔다 폈다 하며 스스로를 그렇게 불렀다. — 밍밍 씨로부터 내가 국문학을 전공했으며 습작 중이라는 걸 전해 들은 모양이었고, 뜻이 맞는다면 우리가 문우 같은 게 될 수도 있다고 생각한 듯했다.

　하지만 나는 광호 씨와는 확실히 선을 긋고 싶었다. 광호 씨처럼 겁 없는 사람과 엮였다가는 결국 오늘처럼 난처해질 거라는 예감 때문이었다. 나는 자리를 망치고 싶지는 않았기에 성심성의껏 반응했지만, 결국 내 입에서 흘러나오는 말이란 거절의 변주였다. 광호 씨는 내가 자신의 기대와는 다른 반응을 보이자 조금 당황한 듯했다. 굳이 함께 읽어야 할 정도로 퀴어소설이 양적으로나 질적으로나 충분한 거냐고 묻자 이제부터 같이 리스트업을 해보면 좋을 것 같다고 했고, 우리 말고는 아무도 관심이 없으면 어떡하느냐고 묻자 애초에 사람이 많을 거라는 기대는 하지도 않는다며 멋쩍게 웃었다.

이윽고 광호 씨는 내가 쓰고 있는 소설 내용을 궁금해했다.

제 소설요?

네, 한번 읽어보고 싶어요.

아, 누구한테 보여줄 수준은 아니어서……

그렇게 말했음에도 광호 씨는 그저 눈썹을 치켜올리며 나를 가만히 쳐다보기만 했다. 어서 소설에 대해 말해보라는 뜻이었다.

그때 나는 어떤 부부 이야기를 했다. 깨달음도 변화도 없이 오직 허무만으로 굴러가는 일상에 대한 이야기. 사실 그건 아직 한 글자도 쓰지 않은 소설이었는데, 그 당시 열심히 읽었던 레이먼드 카버의 영향 아래 있는 것이기도 했다. 나는 모호한 권태와 막연한 절망 속에 있는 인물들에 크게 공감하지 못하면서도 카버의 소설을 교본으로 삼고 있었고, 이제 와 생각해보면 그건 전적으로 그 당시 활동하던 작가들이 카버에게 바친 열렬한 찬사 때문이었다. 나와는 멀어도 너무 먼 삶이었기에 왠지 더 근사해 보였고 거기서마저 소외되고 싶지는 않았기에 어떻게든 흉내라도 내보고 싶었던 문학.

내 말을 유심히 듣던 광호 씨가 의아한 눈빛으로 물었다.

어? 그럼 우리 얘기가 아니에요?

우리요?

이쪽 말이에요.

아, 저는 이쪽 얘기는 안 써요.

왜요?

음……

무슨 특별한 이유가 있는 거냐는 광호 씨의 물음에 나는 내가 추구하는 예술은 내 정체성과는 상관이 없다고 대답했다. 예술적 가능성을 스스로 축소하고 싶지는 않다고도 말했고, 소설은 정치적 구호나 이데올로기를 주입하는 도구가 아니라고도 말했으며, 결정적으로 나는 동성애 작가로 낙인찍히고 싶은 생각은 추호도 없다고 말했지. 그 순간 나는 광호 씨의 시선에서 왠지 모르게 불이 꺼진 듯한 기분을 느꼈다. 내가 공적 영역과 사적 영역을 운운하며 중언부언했던 건 아마도 그래서였을 것이다.

진지한 거죠?

광호 씨가 나에 대한 실망을 환한 미소로 감추며 물었다.

뭐가요?

소설 쓰는 거 말이에요. 계속 쓰려고 하는 거죠?

나는 광호 씨가 사무실에서처럼 여전히 나를 얕잡아 보는 것 같아 헛웃음이 나왔고, 이번에는 순순히 지고 싶

김병운

지 않다는 생각에 죽을 때까지 하고 싶은 유일한 일이 있다면 바로 이걸 거라고 장담했다. 그러자 광호 씨가 말했다.

그럼 쓰게 될 거예요. 두고 봐요.

아닐걸요?

맞아요.

아니, 그건 제가 더 잘 알죠. 쓰는 건 저잖아요.

내기할래요?

나는 광호 씨가 한 말이 공기 중에 충분히 스며들기를 기다렸다. 광호 씨가 지금 자신이 얼마나 어처구니없는 소리를 하고 있는지 알아야 한다고 생각해서였다.

저기요, 광호 씨. 모든 사람이 광호 씨처럼 용감할 수는 없어요. 그래야 할 필요도 없고요.

그건 용기의 문제가 아니에요.

광호 씨가 내 말을 자르며 자신만만하게 말했다.

시간의 문제죠. 중요한 건 시간이에요.

……

나는 광호 씨가 주제넘는다고 생각했다. 나에 대해 뭘 그리 잘 안다고 함부로 말하는 건지 의아했고, 뭐라도 되는 것처럼 자꾸 나를 가르치려 드는 게 거슬렸다. 내 안의 불편을 자극하는 사람. 그게 그날의 광호 씨에 대한 내 결론이었다.

우리는 식사를 마친 다음 다시 처음 만났던 자리로 돌아왔다. 그리고 조만간 사무실에서 보자는 인사를 나누고는 곧바로 헤어졌다. 그리 늦은 시간은 아니었으므로 어디 가서 맥주라도 한잔하겠느냐는 의례적인 얘기가 나올 법했는데도, 광호 씨도 나도 그건 원치 않는 것처럼 돌아서기에 급급했던 기억이 난다. 광호 씨는 오늘 캠페인을 함께했던 멤버들이 아직 뒤풀이 중이라며 다시 종로로 돌아간다고 했고, 나는 광호 씨와는 애초에 일행이 아니었던 것처럼, 저기 저 치마를 입고 돌아다니는 이상한 남자와는 처음부터 모르는 사이였던 것처럼 일부러 반대편으로 걸었다.

나는 그로부터 한 달여 뒤 M 단체에 발길을 끊었다. '게이 라이프스타일 보고서' 집필 작업이 일단락되었기 때문이기도 했고, 뜻밖의 연애로 단체와 단체에서 활동 중인 남자들에 대한 관심이 급격히 시들해졌기 때문이기도 했다. 2010년은 우리나라에 아이폰이 널리 보급된 해이자 게이 전용 데이팅 앱이 활성화된 해였고, 나는 그 앱을 통해서 어떤 사람을 만나게 되었다. 그리고 그 사람과는 8년을 사귀었다. 그 사람은 태어나 한 번도 자기 입으로는 커밍아웃해본 적 없는, 주변에 아는 게이는 나밖에 없는 클로짓이었는데, 나는 때로는 그 사람을 한심하다고 생각했고 때로는 불쌍하다고 연민했지만, 그 사람만큼 같이 있을 때 편하고 안전한 사람은 지금까지도 만나본 적이 없다. 그 사람을 만나는 동안, 나는 우리가 꼭 세상에 보일 필요는 없으며 이대로도 괜찮지 않나 하는 생각을 자주 했던 것 같다.

*

광호 씨의 어머니 신귀영 씨에 따르면 광호 씨는 어렸을 때부터 욕심이 많은 아이였다. 광호 씨는 학창 시절 내내 반에서 한 번도 1등을 놓친 적이 없을 정도로 학업성적이 우수했는데, 그건 공부에 대한 흥미보다는 원하는 건 무조건 가져야 하고 계획한 건 반드시 이뤄야 하는 악바리 기질 덕분이었다.

우리 애가 석연치 않은 방식으로 전교 부회장이 됐어요. 회장 하나에 부회장 둘을 뽑는 전형적인 임원 선거였는데 거기서 문제가 좀 있었죠.

신귀영 씨는 광호 씨가 초등학교 6학년이었던 해에 벌어진 작은 소동을 떠올리며 말한다.

우리 애는 득표 순서대로 하면 4등이었어요. 표 차이가 꽤 나서 아깝게 진 것도 아니었죠. 그런데 2등과 3등이 모두 여자라는 이유로, 그러니까 부회장 둘은 보기 좋게 남녀로 구성되어야 한다는 선거 규정을 근거로 우리 애가

득을 보게 된 거예요. 하지만 다음 날 우리 애는 누가 시킨 것도 아닌데 자리를 반납했어요. 이건 정말 부당한 일이라면서요. 물론 그날 집으로 돌아와 얼마나 서럽게 울었는지 몰라요. 누가 보면 빼앗긴 게 저쪽이 아니라 이쪽인가 보다 오해할 수 있을 만큼요. 저는 그때 생각했어요. 우리 애는 내가 아는 것보다 훨씬 더 크고 올곧은 사람일지도 모른다고. 그러니 앞으로 이 애가 가는 길에는 더 많은 믿음과 지지가 필요하겠다고.

광호 씨는 2003년 서대문구 신촌동에 있는 모 대학의 사회학과에 입학했다. 사회학에 특별히 뜻이 있는 건 아니었고 그 시절 자신의 롤모델이었던 영화감독이 그 대학의 사회학과 출신으로 잘 알려져 있어서였다. 광호 씨는 중학교 3학년 겨울 무렵부터 영화감독을 꿈꿨는데, 영화 학교에 바로 진학하고픈 마음도 없었던 건 아니었으나 일단은 학벌에 대한 욕심과 부모님의 기대에 부응하기 위해 대입 시험에 열중했다. 그리고 입학과 동시에 영화 동아리 활동에 매진함으로써 꿈을 향한 열망을 이어나갔다. 하지만 군생활을 기점으로 광호 씨의 관심은 문학과 성소수자 인권 운동으로 급격히 기운다. 학내 성소수자 동아리에 가입한 것도 복학한 첫 학기였다.

광호는 등장하자마자 에이스였어요. 주요 멤버였던 선배들이 모두 졸업을 앞두고 있어 주춤하던 시기였는데

광호가 나타나 그다음 해 바로 회장이 됐거든요.

광호 씨와 동아리 활동을 같이했던 김소미 씨는 말한다.

학기 초가 되면 신입 회원 모집을 위해 중앙 도로에 부스를 세우거든요. 우리는 성소수자 동아리니까 그 부스라는 건 사실상 그해의 운영진이 전교생 앞에서 커밍아웃을 하는 무대인 거죠. 우리가 부스를 지켰던 건 2007년이었는데, 첫날부터 눈도 하나 깜짝하지 않는 광호가 신기해 제가 물었어요. 너는 어떻게 애들이 수군거리며 지나가는데도 침착할 수 있는 거냐고. 그랬더니 광호가 늘 메고 다니던 이스트팩에서 하얀색 플라스틱 구슬 같은 걸 꺼내 주더라고요. 이게 뭔가 싶어 봤더니 청심환이었죠. 자기는 심장이 목구멍 밖으로 튀어나올 것 같아서 아침에 한 번 점심에 한 번, 두 번이나 먹었다고요. 저는 그날 받았던 청심환 포장 캡슐을 아직도 갖고 있어요. 이 못돼먹은 세상에서 어떻게 살아남을 수 있을지 막막할 때마다 한 번씩 손에 꼭 쥐어보거든요.

광호 씨는 2013년 1월부터 2015년 12월까지 레즈비언, 게이, 양성애자, 트랜스젠더, 인터섹슈얼 등 다양한 성소수자들이 모여 있는 N 단체에서 상근 활동가로 일했다. 연대 활동 담당자로서 인권 단체 연석회의와 연대 분야 기획 회의, 차별금지법 제정연대 회의 등을 준비했고, 웹진 팀 소속으로 정기적인 콘텐츠 생산과 아카이빙, 회원 메일

링에도 힘썼다. 그 사이 광호 씨는 단체 안에서 만난 디자이너, 사진가, 필자 들과 의기투합하여 "곁에 있는 사람들"이라는 제목의 인터뷰집을 펴내기도 했다. 성소수자 권리 증진을 목표로 활동하는 S 단체의 기금을 받아 진행된 프로젝트였는데, 퀴어 정체성을 드러낸 채로 직장 생활을 하고 있는 9인의 삶을 조명하는 내용이었다.

광호 씨는 24시간 깨어 있는 사람 같았어요. 안 그런 운동이 있겠느냐마는 성소수자 쪽도 언제나 사람이 부족하다 보니 활동가들 한 사람 한 사람이 짊어지는 게 참 많죠.

밍밍 씨는 그 어느 해보다 깊은 상흔을 남겼던, 그래서 유독 거리에 머무는 시간이 길었던 2014년을 회상하며 말한다.

광호 씨는 장애인 등급제 폐지 시위와 세월호 촛불 집회처럼 지속적인 연대가 필요한 현장마다 찾아가 무지개 깃발을 들고 목이 터져라 구호를 외쳤어요. 도움을 갚아야 할 곳도 빌려줘야 할 곳도 많았죠. 하지만 그해 말 제가 서울시청 점거 현장에서 찍은 영상 속의 광호 씨는 지친 기색이 역력해요. 떼꾼한 눈을 하고 맥없이 벽에 기대어 있거나 쥐어짜는 듯한 쉰 목소리로 드문드문 힘겹게 구호를 따라하는 광호 씨의 모습을 보고 있노라면, 사람이 소진됐다는 게 바로 이런 거구나 싶죠.

　지금도 M 단체의 홈페이지에는 광호 씨가 2011년 여름부터 겨울까지 반년간 진행했던 퀴어소설 읽기 모임에 대한 기록이 남아 있다. 모임에 참여한 사람은 광호 씨를 포함해 세 명이었고, 그들은 총 열두 편의 퀴어소설을 함께 읽었다. 광호 씨가 회차마다 짤막하게 정리한 후기에는 주제 도서에 대한 감상뿐만 아니라 평소 광호 씨의 관심 작가와 독서 취향에 대한 이야기도 담겨 있는데, 그 시절 광호 씨가 가장 좋아했던 작가는 무라카미 하루키와 트루먼 커포티였고, 한국 문학에서는 이청준과 박완서를 즐겨 읽었다. 오정희의 「주자」와 「산조」, 손창섭의 「인간동물원초」에 대해서는 따로 길게 감상문을 쓰기도 했다.

　하지만 광호 씨에 대해 이야기할 때 우리가 결코 빼놓을 수 없는 작품이 하나 있다면 그건 바로 이광수의 「윤광호」일 것이다. 광호 씨가 '광호'라는 자신의 닉네임을 바로 이 단편에서 가져왔기 때문이다. 밍밍 씨는 광호 씨의 본명이 '광호'가 아닌 '선민'이라는 걸 처음 알게 되었을 때의 당혹스러운 기분을 똑똑히 기억한다. 단체 사람들 대다수가 스스로 선택한 이름으로 활동하기에 광호 씨 역시 다른 이름을 쓴 게 그리 이상한 일은 아니었는데, 어째서인지 밍밍 씨는 광호 씨가 당연히 본명을 내걸고 활동하는 사람일 거라 믿어 의심치 않았다고 한다. 물론 '광호' 같은 지극히 평범한 이름을 닉네임으로 쓰고 싶어 하는 사람이 있을 수도 있다는 생각을 미처 하지 못했기 때문이기도 했고.

나는 밍밍 씨로부터 광호 씨의 이름 이야기를 전해 들은 바로 그날 밤 「윤광호」를 찾아봤다. 1918년 『청춘』이라는 잡지에 발표된 「윤광호」는 동경 K 대학 경제과 2학년에 재학 중인 모범생 윤광호의 사연을 그린다. 평소 극심한 외로움에 시달리던 윤광호는 동네에서 몇 번 마주친 P라는 사람 덕분에 삶의 이유를 되찾게 되고, P에 대한 마음을 혼자 조용히 키워오다 결국 고백을 감행한다. 하지만 얼마 뒤 P가 윤광호의 초라한 용모와 빈약한 재력을 문제 삼으면서 구애는 실패로 끝나고 마는데, 이에 상심한 윤광호는 몇 날 며칠을 끙끙 앓으며 자괴하다 급기야는 스스로 목숨을 끊기에 이른다. 그리고 윤광호가 사모했던 P가 여성이 아닌 남성이었다는 사실은 소설의 맨 마지막 문장에 와서야 밝혀진다.

나는 소설을 읽으며 오랜만에 가슴이 미어지는 듯한 기분을 느꼈고, 어째서 광호 씨가 '윤광호'라는 이름을 자신의 닉네임으로 삼을 정도로 이 작품을 각별하게 생각했는지 알 것 같았다. 남들과는 다른 욕망을 지녔다는 이유로 어린 시절부터 자신의 신체에 수치심과 모멸감을 적립해온 사람이라면, 반복되는 혼란과 부정 속에서도 기어코

규범을 거스르는 쾌락 쪽으로 향하는 자신에게 진저리 쳐
본 사람이라면, 제아무리 벽장으로부터 자유로워졌다 한
들 이 소설에서 자신의 어떤 시절을 겹쳐보지 않을 수는
없을 테니까.

그래서일까. 나는 그날 내가 광호 씨의 제안을 거절하
지 않았다면, 그러니까 우리가 서로가 쓴 소설을 읽고 나
눌 수 있는 문우가 됐다면 어땠을지 생각해보게 됐다. 그
리고 광호 씨가 과연 내게 어떤 소설을 보여줬을지도. 사
실 그건 전혀 가늠이 되질 않는다. 하지만 한 가지 확실한
건 광호 씨가 쓴 소설은 「윤광호」와는 달리 비극적 결말은
허용하지 않았으리라는 것이다. 내가 아는 광호 씨라면 어
째서 우리는 소설 속에서마저 죽는 거냐며 볼멘소리를 했
을 것이고, 일부러 더 밝고 유쾌하게 나아가는, 그리하여
결국 해피엔드에 도달하고야 마는 우리를 보여주고 싶어
했을 것이다.

아니, 그것 역시도 확실하지 않다. 나는 광호 씨에 대
해 잘 안다고 말할 수 있는 사람은 아니고, 그러므로 광호
씨의 소설 역시 함부로 단정할 수는 없다. 그러니 이렇게
말해야 할 것 같다. 광호 씨는 무엇이든 쓸 수 있는 사람이
었고, 우리에게 필요한 더 많은 이야기를 들려줄 수 있는
사람이었다고. 그래, 이 문장에는 의심의 여지가 없다.

*

　나는 2014년 겨울, 어느 문예지의 신인 추천 제도를 통해 작품 활동을 시작했다. 그리고 퀴어소설을 절대로 쓰지 않겠다는 다짐은 2018년 여름에 폐기하게 되었다. 소설에 진짜 내 모습을 담고 싶다는 욕망도 욕망이지만, 두 해 전 '자긍심의 달'에 미국의 어느 게이 클럽에서 발생한 총기 난사 사건이 좀처럼 뇌리를 떠나질 않았기 때문이다. 나는 무방비 상태로 증오의 표적이 되어 죽은 사람들에 대해 자주 생각했고, 결국 내 인생에 있어서 언제나 가장 큰 고통과 희열을 안겨주었던 정체성 이야기를 해보기로 했다. 그리고 그렇게 완성한 원고는 2년 뒤 어느 출판사의 투고 시스템을 통과해 세상과 만날 수 있었다.

　그 이후로 지금까지도 나는 줄곧 게이인 화자를 내세우며 글을 쓰고 있다. 내 성적 정체성과 화자의 성적 정체성을 일치시키자 그간 소설을 쓸 때마다 감지되었던 위화감이 거짓말처럼 사라졌고, 그 소설들은 실제 내 삶에도 영향을 미쳐 나는 소설 밖에서도 내가 어떤 사람인지 말할 수 있게 되었다. 물론 말할 수 있게 되었다고 해서 언제 어디서나 나를 드러낼 수 있는 건 아니다. 내가 한 발 걸치고 있는 출판계만 벗어나도 그건 무리한 일이고, 점점 더 극렬해지고 당당해지는 혐오 속에서 나의 안전과 안위부터 점검해야 하니까.

나는 한때 내가 대단한 용기를 냈다고 생각하기도 했다. 오랜 시간 정체하다 다시 한번 거듭났다는 식의 성장 서사 속에 나를 대입했고, 그렇게 나아진 내 모습을 제법 흡족해하며 자화자찬하기도 했다. 하지만 이제 와 돌이켜보면 그게 과연 그토록 어려운 일이었을까 싶은 의문이 든다. 지나고 보니 한결 심상해져 그런 것일 수도 있지만, 아무리 생각해봐도 내가 누울 자리를 보고 누웠다는 심증을 떨쳐버릴 수가 없기 때문이다.

문학판에서 성소수자의 목소리에 귀 기울이는 움직임이 없었다면 과연 내가 퀴어소설을 쓰려고 했을까. 내가 만나고 교류하는 사람들이 이성애 중심주의와 성별 이분법에 대한 비판적 시선을 공유하고 있지 않았다면 과연 내가 내 정체성에 대해 말할 수 있었을까. 나는 쓰면 환영받을 수 있다는 신호를 읽었기 때문에 썼고 말을 해도 어떻게 되지는 않을 거라는 분위기를 감지했기 때문에 말한 게 아닐까. 그렇다면 10년 전에는 절대로 불가능해 보였던 일들이 어째서 지금은 가능해진 거지?

나는 그건 용기의 문제가 아니라 시간의 문제라던 광호 씨의 말을 자주 곱씹는다. 어쩌면 그 말은 나를 향한 충고나 조언이 아니라 다가올 세상을 향한 기대와 희망이었을지도 모른다는 바람을 안고서. 우리가 어떤 정체성이든 거기엔 아무런 차별이 없어서 특별한 용기도 자긍심도 필요 없는 세상. 우리가 누구에게 어떤 종류의 끌림을 느끼든 그건 그다지 이상한 일이 아니어서 누군가의 인정도 응원도 필요 없는 세상. 그날의 광호 씨는 시간이 흐르면 그런 세상이 반드시 도래할 거라는 자신의 믿음에 내기를 걸고 싶었던 게 아닐까. 우리가 우리를 외면하지 않는다면 그런 세상은 틀림없이 앞당겨질 거라는 신념을 내게 보여주고 싶었던 게 아닐까.

*

광호 씨의 소식을 알게 된 건 작년 가을이었다. M 단체의 독서 모임에서 그해 봄 출간된 내 책으로 북토크를 진행하고 싶다며 초청 메일을 보내왔고, 그렇게 나는 근 10년 만에 다시 단체의 사무실을 찾게 되었다. 모임장님의 소개에 따르면 독서 모임에서는 소설뿐만 아니라 에세이, 인문학, 사회과학 등 다양한 분야의 책을 다뤘는데, 오래전 광호 씨가 만들었던 모임과는 별개의 모임이었음에도 나는 어쩔 수 없이 광호 씨를 떠올렸다. 거기에 가면 광호 씨와 재회하게 될 수도 있겠다는 생각도 잠시 하면서.

하지만 그날 내가 만난 사람은 광호 씨가 아니었다. 그 자리에는 스무 명 남짓한 사람들이 모였는데, 나는 혹

김병운

시 여기에 나를 기억하는 사람이 있을지 궁금한 마음에 참석자들을 조심스레 살피다, 어서 나를 알아보라는 듯 옅은 미소를 머금고 있는 얼굴을 발견하게 되었다. 그게 바로 밍밍 씨였다. 밍밍 씨는 이 독서 모임의 회원은 아니지만 저자가 직접 참석한다는 공지를 보고 일부러 찾아왔다고 했다.

행사가 끝난 후 우리는 근처의 카페로 자리를 옮겨 근황을 나누었다. 밍밍 씨와 나는 '게이 라이프스타일 보고서' 집필 활동이 마무리된 다음 처음 만나는 것이었는데, 그간 어디서도 마주친 적이 없다는 사실을 괜히 신기해하며 밀린 소식을 두서없이 늘어놓았고, 그러다 자연스레 광호 씨에 대한 얘기로 넘어갔다. 광호 씨 이름을 먼저 꺼낸 건 아마도 나였을 것이다. 혹시 광호 씨는 어떻게 지내는지 아시느냐는 내 물음에 밍밍 씨는 어색한 정적과 흔들리는 눈빛으로 응답했고, 나는 밍밍 씨의 시선이 내 눈길을 피해 아래로 떨어지기도 전에 뭔가 잘못되었다는 것을 알았다.

아주 잠깐이지만 나는 광호 씨가 스스로 생을 마감했을지도 모른다고 함부로 속단했다. 설마 아니겠지, 아닐 거야, 하고 별안간 엄습한 생각을 내쫓으면서도 광호 씨 역시 먼저 우리 곁을 떠난 성소수자들처럼 어느 순간 죽지 않고는 견딜 수가 없었던 걸지도 모른다고 비관했다. 그게 우리의 서사였고, 이런 소식이 까무러칠 만큼 놀라우면서도 동시에 넌더리가 날 만큼 익숙하다는 게 이 삶의 가장 미쳐버릴 것 같은 지점 중 하나였다.

하지만 광호 씨의 마지막은 내 예상과는 달랐다. 광호 씨는 자신에게 허락된 모든 수술과 치료를 기꺼이 감내하며 생에 대한 의지를 놓지 않았고, 가족들이 지켜보는 가운데 조용히 눈을 감았다.

나는 그 얘기를 듣고는 나도 모르게 안도했다. 그리고 잠시 후 내가 이걸 다행으로 여긴다는 게 참으로 좆같다는 생각을 했다. 내가 뭐라 설명할 수 없는 기분 속에서 이런 속내를 털어놓자, 한동안 침묵을 지키던 밍밍 씨가 말했다.

이런 죽음과 그런 죽음이 과연 다를까요?

……네?

비약처럼 들릴지도 모르겠지만, 저는 광호 씨의 죽음을 개인의 문제로 보지 않아요. 활동가로 산다고 해서 내가 어떻게 되어도 상관없는 건 아니잖아요. 앞에 서 있다는 이유로 당연한 것처럼 신변을 위협당하고 의무적으로 조롱을 감내해야 하는데, 최소한의 규제조차 없어 숨 쉬는 공기마다 노골적인 증오와 모욕과 낙인이 독성 물질처럼 부유하는데…… 어떻게 몸도 마음도 건강할 수가 있겠어요. 그건 아무리 뱉어내고 씻어내도 얇게 핀 곰팡이처럼 계속 살아남아 온몸 구석구석 스며들어요. 괜찮은 사람도 괜찮을 수가 없다고요.

*

광호 씨의 1주기에 맞춰 밍밍 씨와 친구들은 광호 씨를 위한 작은 추모회를 열었다. 그 자리에는 광호 씨와 같이 활동했던 동료들은 물론이고, 광호 씨의 어머니와 누나, 그리고 몇몇 대학 친구들도 참석했다. 그들은 각자 간직하고 있던 광호 씨의 사진을 한자리에 모아 감상했고, 거기에 얽힌 크고 작은 추억을 나누었다. 광호 씨가 그리 둥글둥글한 성격은 아니었던 탓에 뒤늦게 성토하는 분위기가 되었을 때는 많이 웃었고, 광호 씨의 어머니가 광호 씨의 투병 일기 몇 장을 읽어주었을 때는 같이 눈시울을 붉혔으며, 광호 씨의 누나가 넉넉하게 준비해온 떡과 식혜를 함께 나눠 먹었을 때는 다시 웃었다.

그로부터 2년이 흐른 지금, 광호 씨의 어머니 신귀영 씨는 N 단체 산하의 성소수자 부모 모임에서 활동하고 있다. 여러 사람을 만나다 보니 상담 분야에 관심이 생겨 심리상담사 자격증 공부도 하고 있다고 한다.

광호 씨의 누나 윤선희 씨는 남편과 함께 제주도에서 작은 카페 겸 서점을 운영하고 있다. 작년부터 퀴어 관련

서적이 부쩍 늘어 서가 한쪽에 따로 코너를 마련해두었는데, 그 앞에서 유독 오래 머무는 손님이 보이면 괜히 말 걸고 싶은 걸 간신히 참는다고 한다.

광호 씨의 대학 친구인 김소미 씨는 강남에서 제법 이름난 이혼 전문 로펌 소속 변호사로 일하고 있다. 한국에서도 동성 커플의 이혼 사건을 수임할 수 있는 그날까지 일을 계속하는 게 그녀의 목표라고 한다.

밍밍 씨는 활동가의 건강권에 대한 다큐멘터리를 만들고 있다. 자비로 진행하는 작업이어서 주머니 사정이 안 좋아질 때마다 일단 멈춤을 반복해야 했는데, 다행히 올초에 독립예술영화 제작 지원사업에 선정돼 조만간 마무리할 수 있을 것 같다고 한다.

그리고 나는, 이 모든 이야기 앞에 뒤늦게 도착한 나는, 내가 무슨 말을 하고 싶은지도 잘 모르면서 이렇게 무턱대고 글을 쓰고 있다. 결국 내가 할 수 있는 건 이것뿐이라는 게 너무 초라한 것 같아 의기소침해졌다가도 내게 산적해 있는 죄책감과 부채감을 잠시나마 덜 수 있는 이 일이 있다는 게 얼마나 다행인지 모르겠다고 안도하면서. 그리고 지금 내게 주어진 이 지면이 어떤 성소수자들의 희생으로 비로소 가능해진 미래라고 생각하는 게 결코 무리는 아니리라 확신하면서.

아니, 나는 내가 무슨 말을 하고 싶은지 알고 있다.

김병운

내가 하고 싶은 말은 이거다.

광호 씨, 11년 전 우리의 내기를 기억하고 있을지 모르겠지만 당신이 이겼다는 소식을 뒤늦게 전합니다. 당신은 그냥 이긴 것도 아니고 아주 크게 이겼어요. 왜냐하면 당신 앞에서 절대로 이쪽 얘기는 쓰지 않을 거라고 다짐했던 제가 이제는 이쪽 얘기가 아닌 건 굳이 써야 할 이유가 없는 사람이 되었거든요. 어쩌다 이렇게 되어버린 건지 모르겠지만, 아무튼 저는 당신이 이겼기에 다행인 나날을 보내고 있습니다. 당신이 당혹스러워해도 전혀 이상하지 않을 만큼 당신을 자주 떠올리면서요. 지금 당신이 있는 곳이 어디인지는 알 수 없지만, 그게 어디든 그곳은 당신이 오래도록 염원했던 미래였으면 좋겠습니다. 그리고 언젠가 우리가 다시 만난다면 당신의 버전으로 당신의 이야기를 직접 들을 수 있기를.

그럼 그때까지 안녕.

인터뷰

김병운 ✕ 선우은실

선우은실 <소설 보다>를 통해 작가님과 이야기 나눌 수 있는 기회가 생겨 무척 기쁩니다. 최근에는 어떤 일상을 보내고 계신지, 저작 활동과 관련하여 근황은 어떠한지 등을 여쭤보면서 인터뷰의 문을 열고자 합니다.

김병운 최근에는 신작 단편을 마감하고 해방의 기분을 만끽하고자 보관함에 담아두었던 영화와 드라마를 폭식하듯 몰아보며 지냈습니다. 여유가 있더라도 의욕이 없는 상태일 때는 뭐든 거의 보지 못하는 편인데 다행히 채워 넣고자 하는 마음이 컸던 것 같아요. 그리고 소설집을 묶을 수 있게 되어 작년에 발표했던 단편 일부를 다시 퇴고하기도 했습니다. 마감할 때는 분명히 웬만큼 됐다고 생각해 송고했는데 오랜만에 읽어보니 '이걸 도대체 어떻게?'의 심정이 되어 많이 부끄러웠습니다. 이번 <소설 보다>에 실린 「윤광호」도 처음 발표했던 버전에서 조금 손을 봤습니다.

선우은실 「윤광호」를 비롯하여 최근 발표작들을 흥미롭게 따라 읽고 있습니다. 특히 이번 작품과 관련해서는 「기다릴 때 우리가 하는 말들」(이하 「우리」)이 떠올랐습니다. 아무래도 이번 작품의 키워드라고 할 수 있을 자신의 성적 지향에 대한 '인정과 긍정' 사이에서 불일치하는 감각으로 고뇌하는 인물이 등장한다는 공통점이 있기에 그렇다고 생각됩니다. 「윤광호」에서 주인공이 "정체성을 인정하는 것과 긍정하는 것은 별개의 문제이며 각기 다른 노력을 필요로 한다"고 말했던 것과 연관되는 이야기가 될 텐데요. 인물이 자신의 성적 지향에 대해 어떠한 불일치감이나 한 치의 의심 없이 전진하는 것이 아니라, 자신을 받아들이는 과정에는 오로지 순수한 '나'로부터의 인정뿐만 아니라 외부적 관계 속에 위치하고 있는 '나'라는 존재의 이물질적 구성을 인식하고 있는 것이 인상적이었습니다. 이는 타인과 자신의 공유된 정체성이라는 순수성의 이탈을 견디지 못했음을 훗날 깨닫게 되는 「우리」의 주인공이 가진 문제의식의 연장처럼 느껴지기도 했고요.

이렇듯 자신의 정체성에 대해 (때로는 "자기혐오"에 이르는) 불일치감을 드러내는 인물을 화자로 설정하게 된 까닭이 무엇일지 궁금해집니다. 또는 인물이 어떠한 고민을 하기를 바라는지, 형상화 과정에서 강조하고 싶은 주제가 있다면 어떤 것인지도요.

김병운　　자신의 정체성에 대해 지속적으로 안정감을 느낄 수 있는 성소수자가 과연 이 땅에 존재할까 싶어요. 물론 불일치감이 해소되거나 옅어지는 시기도 있을 테지만 우리 사회가 그 상태를 절대로 용납하지 않는 구조로 이루어져 있으니까요. 잘 지내다가도 문득 수치심을 느끼고 모멸감을 곱씹게 하는 상황이 일상 곳곳에 잠복해 있는 거죠. 그러면 어제까지는 나를 긍정할 수 있었던 사람도 오늘은 그게 어렵고요. 물론 자신을 안정적으로 긍정할 수 있는 사람도 있을 거예요. 그런데 그건 높은 확률로 그 사람이 그럴 수 있는 조건에 있기 때문에, 그러니까 자신의 정체성에 대해 우호적인 집단에 속해 있거나 그게 가능하게끔 자신이 삶을 재편했기 때문일 거라 생각하고, 그런 상태를 유지하기 위해 나름의 고단한 노력을 하고 있겠죠.

요즘 제가 관심을 두고 있는 인물은 자신의 정체성을 바탕으로 차이와 위계를 경험하는 인물인데요. 여느 집단처럼 성소수자 집단 역시 대상화되었을 때는 하나로 뭉뚱그려지기 십상이지만 조금만 자세히 들여다보면 구성원들 개개인의 입장과 생각이 모두 다르거든요. 「윤광호」의 화자가 가시화를 강요하는 윤광호의 운동 방식이 다소 폭력적이라 느끼며 거부감을 드러내는 것처럼요. 동일한 정체성을 공유하고 있다고 해도 체득한 경험이나 원하는 방향까지 동일한 건 아니니까요. 그런데 이 당연한 사실이 집단 안팎에서 모두 간과될 때가 있고, 그래서 또 다른 차별과 혐오가 발생하는 게 아닐까 싶어요.

선우은실　저는 소설의 구조(혹은 형식)가 메시지를 '어떻게 전달할 것인가'와 관련하여 치밀하게 설정되고 또 관여할 수 있다고 생각합니다. 관련해서 이 작품의 또 다른 특징은 '나'가 '윤광호'와의 에피소드를 순차적인 시간의 흐름대로 이끌어가는 것이 아니라, 윤광호의 죽음 이후 그의 삶을 인터뷰하거나 되짚는 구조를 설정하고 있다는 점에 주목해보고 싶습니다. '나'가 자신의 이야기를 하는 것에 그치지 않고 자신의 시선에서 포착된 윤광호의 삶을 훗날 재구성하는 발화의 방식은 마치 한 다큐

멘터리의 내레이션을 듣는 것 같았습니다. 이러한 구성은 '나'라는 화자가 자신의 시선과 한층 거리를 두는 작업이라고 여겨집니다만 동시에 다소 직접적인 방식으로 인물의 삶을 말하고 있다는 인상을 주게 될 것도 같습니다. 때문에 이러한 구성은 어떠한 메시지를 전달하기 위한 작법 차원의 구성 전략으로 볼 수 있지 않을까 싶습니다.

인물이 자신이 겪었던 경험을 전개하는 데서 나아가 그것을 미래에 돌이켜 다시 말하고 또다시 제작하는 방식의 형식은 장편소설 『아는 사람만 아는 배우 공상표의 필모그래피』(민음사, 2020)에서도 시도된 바 있지요. 이것을 인물이 직접 사건과 연루되어 있는 시간성의 전개(A)와, 그보다 더 먼 미래에 A를 반추하되 다른 제작법(시나리오, 인터뷰 등)에 참여하는 인물의 간접 발화로서의 시간의 재구성(B)이라는 점에서 '중층적 구조'라 정리해볼 수 있다면 그간의 작품에서 더러 이러한 구조를 활용하신 까닭에 대해 들어보고 싶습니다. 특히 「윤광호」에서 윤광호의 모친 인터뷰 및 윤광호의 일대기를 반추하는 듯한 구조를 택한 이유가 궁금합니다.

김병운　작년 한 해에도 많은 성소수자가 우리 곁을 떠났는데요. 자신의 정체성을 드러내고 꾸준히 목소리를 냈던 성소수자들이 몇 개월 사이에 연이어 사망한 일이 있었고, 많은 분이 각자의 자리에서 나름의 방식으로 추모를 이어나간 것처럼 저 또한 소설 쓰기로 애도의 시간을 가져보려 했어요. 소설을 쓰는 동안 계속 추모하는 마음을 잃지 않으려 했고요.

　　　　말씀해주신 인터뷰 형식은 내가 고인에 대해 과연 무슨 말을 할 수 있을까, 하는 고민에서 시작되었는데요. 잘 모르는 사람임에도 나와 연결되어 있다고 느껴지는 어떤 존재를 잃었을 때 나는 어떻게 애도할 수 있을지 스스로 묻게 됐고, 그에 대한 응답으로 선택한 게 인터뷰였어요. 보통 우리는 잘 모르는 고인에 대해 함부로 말을 하지 않잖아요. 할 말이 없어서이기도 하지만 그게 예의라고 생각하기도 하고요. 그런데 거기서 멈추면 내가 할 수 있는 건 그저 안타까운 마음을 갖는 것뿐이거든요. 생전에 가까웠던 게 아니므로 고인을 추억할 거리도 없고, 그러니 고인을 단지 죽음으로만 기억하게 되는 거죠. 이 사람의 구체적 삶이 어떠했는지는 영영 알지 못한 채로요. 그래서 소설 속 화자는 조금 더 나아갔으면 했어요. 윤광호에 대해 잘 알았던 사람들을 경유하는 방식으로, 뒤늦게라도 이야기를 수집하듯 윤광호의 삶에 연결되어보는 방식으로 윤광호에게 근접해보면 좋겠다 싶었죠. 윤광호를 사랑했던 여러 사람의 시선으로 윤광호의 삶을 재구성하는 게 제법 성실하고 정성스러운 추모 같다는 생각도 들었고요.

선우은실　이 이야기에서 '윤광호'라는 존재에 대한 이야기를 빼놓을 수 없겠지요. 소설에서 '윤광호'는 크게 세 가지 기호로 드러납니다. 하나는 서사 속 '나'와 대면하는 실존 인물, 다른 하나는 이광수의 소설 「윤광호」의 주인공, 마지막으로 이 둘을

연결 짓는 상징성을 지닌 것으로서 '윤광호'라는 고유/일반명
사가 그렇습니다. 이 소설의 주된 논점인 개인의 삶과 정치성의
문제를 이야기하고자 할 때 꼭 언급되어야 하는 키워드이기도
하지요. 질문드리고 싶은 것은 '윤광호'라는 정체성('윤광호'가
이렇듯 여러 가지로 해석될 수 있다면 한 명의 인물로 이야기하는
것이기보다는 하나의 정체성으로 볼 수도 있겠다는 생각을 해봤습
니다)의 발굴에 관한 것입니다. 이광수의 「윤광호」 속 '윤광호'
와 이 작품 속 '윤광호'는 조금의 틈도 없이 일치하는 인물은 아
니라는 생각이 들었습니다. 이광수의 '윤광호'는 자신의 외모
와 재력을 비관하여 연정을 배반당했다고 여기는데, 그러한 인
물의 성격이 그의 성적 지향의 내외부적 불일치성보다 더 크게
강조되었다고 읽히는 지점이 있어 더욱 그러합니다. 먼저 작가
로서 이광수의 '윤광호'를 어떻게 해석하셨는지 궁금합니다.
그것이 김병운의 '윤광호'를 구성할 때 어떤 점을 고려하게 했
는지, 두 '윤광호'의 연관 관계에 대해서도 여쭤보고 싶습니다.

김병운　　　이 소설을 구상하면서 잘 표현하고 싶었던 것 중 하
나가 앞장서 있는 활동가들에 대한 부채감과 더불어 이전 세대
에 대한 감사함이었어요. 특히 지금보다 훨씬 더 어려웠던 시기
에 퀴어문학을 쓰고 읽었던 사람들에 대한 존경심요. 지금 제
가 누리고 있는 환경이나 조건이 하루아침에 이뤄진 게 아니라
는 걸 알고 있기 때문에, 그런 마음을 어떻게 소설에 담을 수 있
을지 고민했어요. 그러던 중 떠오른 게 이광수의 「윤광호」였

고요. 이 소설이 한국 근대 퀴어문학의 효시로 자주 얘기된다는 걸 알고 있었기에 그 상징성을 활용해보면 좋을 것 같았거든요. 어떤 활동가가 한 세기 전 씌어진 소설 속 주인공의 죽음에 감응함으로써 이어지고, 이후에 어떤 소설가가 십여 년 전 알고 지냈던 활동가의 삶을 재구성함으로써 다시 이어지는, 그런 연결의 이미지를 상상했고, 이 인물들이 현실과 허구 혹은 생과 사를 넘어 연결된다는 감각이 저에게는 중요했던 것 같아요. 어떤 퀴어가 다른 퀴어의 삶과 죽음에서 자신에게 필요한 가치를 발견하고 그것을 동력 삼아 자신의 소수자 정체성을 긍정하는 방향으로 나아가는 것이요. 생득적인 계보와 달리 퀴어의 계보는 이런 식으로 생성되는 게 아닐까 하는 생각도 들었고요.

그리고 이광수의 '윤광호'가 자신의 외모와 재력에 비관하는 부분은 실제로 제가 이 소설에서 가장 흥미롭다고 생각하는 부분이어서 의도치 않게 부각된 것 같아요. 소설 속에서 'P'가 '윤광호'를 거절하는 이유가 '윤광호'의 성별에 있지 않다는 게 인상적이었거든요. 직접적으로 'P'의 정체성이 명시되진 않지만 'P'가 남성임에도 '윤광호'를 성별이 아닌 외모와 재력을 근거로 거절하는 걸 보면 'P' 역시 동성애자라는 것을 유추해볼 수 있고요. 저는 이 작품이 뭘 좀 아는 사람이 썼다는 느낌을 받았는데, 아마도 이런 디테일 때문이 아닐까 싶어요. 누군가 게이로 사는 게 힘들다고 했을 때 우리가 이 사람을 사회적 차별의 피해자로 상상하는 건 쉽지만 집단 내에서 자신의 매력 자본이나 경제력 때문에 좌절하는 성애의 주체로 상상하는 건 쉽지 않다고 생각하거든요. 훨씬 더 내밀한 접근이 필요한 것이기도 하니까요. 저는 이 소설이 자신의 정체성을 가까스로 인정한 사람이 결국 긍정하는 데는 실패한 이야기라고 봤고, 구애에 대한 거절을 존재에 대한 거부로 인식하게 되는 이런 상황이 21세기를 살아가는 윤광호에게도 익숙할 거라고 상상했어요. 활동가이기 이전에 게이 남성으로서 윤광호에게도 수많은 거절과 좌절로 점철된 사랑의 역사가 있을 테니까요.

선우은실　　앞선 질문과 연속되는 내용의 질문이 될 것 같습니다. 인물 '윤광호'가 아니라 정체성으로서의 '윤광호'라고도 말할 수 있다고 가정할 때, 소설에서 퀴어 인물의 죽음과 정치성의 관계를 성찰하는 결말에 대해 언급해보고 싶습니다. 소설에서 '나'는 윤광호의 죽음이 세계와 자신의 수용 불가능을 비관한 자살은 아니었는가에 대한 의혹에 대해 견딜 수 없어 합니다. 그러면서 윤광호가 병사했다는 말에 안도한 자신에 대한 혐오가 불쑥 치미는 것을 느끼지요. 이는 '모든 개인적 삶과 죽음은 정치적'이라는 명제가 어떤 다수에게는 손쉽게 긍정되는 한편 성소수자에게는 하나의 정치적 이유로 환원되지 않으면 안된다는 책임감으로 부여되고야 만다는 점에서 조금은 폭력적인 수사였을지도 모른다는 생각을 하게 만들었습니다. 그러나 동시에, 밍밍 씨의 "이런 죽음과 그런 죽음이 과연 다를까"라는 질문을 맞닥뜨리면서 개인의 특수성을 구태여 보편적 성질의 것으로 괄호 치면서 개인의 삶과 죽음의 정치성을 삭제하는 방향으로도 선뜻 선회할 수는 없었습니다. 어쩌면 '나'가 윤광호의 사망 소식을 듣고 느낀 환멸과 안도, 그것에서 비롯된 자기혐오는 이러한 지점과 연관되어 있을지도요.

　　　　이와 관련하여 윤광호의 병사라는 사건을 설정할 때 고민이 있었다면 어떤 것이었을지 여쭙고자 합니다. 나아가 서사에서 퀴어 인물의 삶/죽음과 정치성이 어떠한 방식으로 재현되거나 다뤄져야 하는가(또는 재현의 문제와 관련해 앞으로 어떤 고민이 더 필요한가)에 대해서도 의견을 구하고 싶습니다.

김병운　　자살이 성소수자에게 주어진 생의 각본 같다는 생각을 한 적이 있는데요. 소설 속 화자처럼 저 또한 성소수자의 부고를 확인할 때마다 일단 자살부터 떠올린 적이 많았고, 생각의 회로가 그렇게 굳어졌다는 게 무척 서글프더라고요. 윤광호의 죽음을 병사로 설정한 건 이 소설 속에서는 자살을 재현하지 않겠다는 반발심 때문이었어요. 그럼 살게 해야지 결국 죽게 한다는 게 우습긴 하지만, 이 소설은 추모의 형식이 출발점이었기에 어쨌든 윤광호는 죽는다는 설정이었고, 고로 자살을 제외한 다른 양상의 사회적 죽음에 대해 고민하게 되었죠. 만약 윤광호가 스스로 생을 마감한 것으로 이야기를 만들었다면 소설이 더 매끄러웠을 수도 있을 것 같아요. 이광수의 '윤광호'와의 유비도 용이했을 것이고, 제가 소설 쓰기를 통해 추모하고자 했던 실제 인물들이 좀더 선명히 보였을 수도 있을 것 같고요. 그런데 그 시기의 저에게는 그게 허용이 안 됐고, 결국 다른 방향을 고민하다 지금과 같은 이야기가 되었습니다.

그렇다면 병사로 설정해 마음이 좀 나은가 하면 그 것도 아닌 것 같아요. 제가 이후에 발표한 소설에도 죽음이 등 장하는데, 연이어 누가 죽는 소설을 쓰다 보니 생각이 많아지더 라고요. 현실에서 성소수자들이 너무 많이 죽고 있으므로 그게 소설에 반영되는 건 어쩌면 당연한 일 아닌가 싶다가도 다른 한 편으로는 현실이 그렇다 해서 꼭 소설도 그래야 하는 이유는 또 뭔가 싶은 거죠. 죽음을 스펙터클로 쓰지 말자고 마음은 먹고 있는데 과연 생각대로 되고 있는지도 잘 모르겠고요. 제가 성소 수자 인물을 죽임으로써 성소수자의 삶은 이런 것이라는 편견 을 재생산하고 있는 건 아닌지, 더 나아가 성소수자에 대해 거 부감이 있는 독자들에게 일종의 안도감을 주고 있는 건 아닌지 여러 측면에서 고민하고 있습니다.

선우은실   한편 노년의 삶을 꿈꿀 수 있는가 혹은 어떤 노년의 삶을 꿈꿀 수 있는가의 문제 역시 모든 이에게 생애주기에 기초 한 동일한 상상의 지표일 수 없다는 생각도 들었습니다. 소설을 다 읽고 난 뒤에 서사의 초반에 '게이 라이프스타일 보고서' 활 동에서 '나'가 다름 아닌 노년의 게이를 인터뷰했다는 것이 자 못 의미심장하게 다가온 까닭이기도 합니다. 이미 존재하는 삶 을, 그러나 가시화해야 하는 일은 그 자체로 교집합을 가진 이 들에게 구체적인 미래의 모습을 상정하게 만들 수 있다는 점에 서 중요한 것이겠지요. 서사에서 윤광호는 '나'의 인터뷰에 대해 인터뷰어의 정체성과 노년 계층 인터뷰이가 여전히 익명의 지점에 있음을 지적합니다. 이 장면은 그들 자신이 그 누구보다도 당사자이지만 그로부터 살짝 비켜난 영역에 자신을 두려고 하는 내적 충돌의 지점을 보여줍니다. '당사자성'이란 키워드는 앞서 언급한 「우리」에서도 중요하게 언급되는바, 작가님의 작품 세계에서 주요한 질문거리를 주고 있는 주제가 아닌가 싶습니다. 이와 관련해 (「윤광호」뿐만 아니라) 작가님의 작품에서 보이(지 않)는 당사자성의 문제를 어떻게 다루고자 하셨는지, 이 키워드와 관련하여 어떤 질문이 더 필요하다고 생각하시는지 이야기를 들어보고 싶습니다.

김병운   정체화의 과정이 유난히 길고 혹독했던 사람들이 이후에 정체성에 대한 애착도 강한 것 같다는 생각을 하는데요. 이게 자신의 삶에 직결된 문제이니 더욱더 엄정하고 방어적인 태도가 될 수밖에 없는 것 같아요. 하지만 그런 애착이 당사자성이나 발언권과 얽히면 또 다른 차별과 위계의 폭력을 만들어낼 수도 있는 것 같고요.

    당사자성 문제는 입장에 따라 감정적인 요인이 작용하기 때문에 늘 어렵다고 생각하는데, 그래도 한 가지 확신하는 건 한국 문학장 안에서도 당사자성이 지금보다 훨씬 더 확장되는 방향으로 사유되어야 한다는 거예요. 당사자들도 자신들끼리만 쓰고 읽히는 걸 원할 리 없으니까요. 보다 많은 사람에게 닿지 않으면 이건 계속 우리의 이야기가 아닌 너희의 이야기로 인식될 수밖에 없고, 그렇다면 결국 달라지는 것도 나아지는 것도 없겠죠. 저 또한 요즘 많은 분이 그러하듯 당사자성이라는 게 정체성에 발목 잡혀 있는 게 아닌 새로이 연루되는 감각으로 계속 확장되고 발명되는 것이라는 걸 여러 작품을 통해 배우고 있고, 그런 시간이 실제로 작업 내용이나 삶의 태도에도 영향을 준다는 걸 체감하고 있습니다. 당사자성 문제는 창작자로서 소수자를 재현할 때 필연적으로 맞닥뜨릴 수밖에 없는 키워드이기 때문에, 앞으로 무엇을 쓰든지 간에 제가 살아가며 마주한 다양한 입장이 그 안에 기입되지 않을까 싶어요.

선우은실 작가님의 소설적 문제의식이 앞으로 어떻게 전개되고 더 다면화될지 기대하는 것이 비단 저만은 아닐 것 같습니다. 차후 소설 집필 과정에서 다루거나 발전시키고자 하는 주제나 글의 방향이 있다면 말씀을 부탁드리겠습니다.

김병운 가벼워지고 싶다는 생각을 계속하고 있는데요. 특히 「윤광호」를 쓰고 나서 그런 생각이 커진 것 같아요. 제가 소설을 쓰면서 메시지를 너무 의식한 게 아닌가 싶기도 하고, 또 거기에 약간 짓눌려 있었던 게 아닌가 싶기도 해서요. 분명히 의도했던 방향의 작업이었지만 버겁다는 느낌도 있었고요. 일단은 일상적이고 사소한 이야기로 눈을 돌리고 있는데, 그게 작업적으로 어떻게 유의미하게 구현될지는 모르겠지만, 되도록 작게 쪼개서 생각해보자고 지금도 스스로 주문을 걸고 있습니다.

아무도

위수정

2017년 『동아일보』 신춘문예를 통해 작품 활동을 시작했다.
소설집 『은의 세계』가 있다.

어머니는 오지 않았다. 내가 수형과 별거하기로 했다고 통보했을 때 어머니는 놀란 눈을 했다가 입을 다물지 못하다가 이유를 물었다. 아니지. 놀란 눈이나 다물지 못한 입은 볼 수 없었다. 전화로 말했으니까. 그런데도 어머니의 표정이 기억에 남아 있는 것은…… 착각이겠지. 그때가 아니라 과거의 언젠가 보았던 표정이겠지.

아버지는 아마 어머니에게 들었을 것이다. 구체적인 이유는 수형에게 들었을 것이고. 며칠 후에 내가 집을 나와 원룸을 구해 이사하는 날, 아버지에게서 연락이 왔다. 짐도 많지 않았고 좋은 일로 하는 이사도 아니어서 아무도 부르지 않았다. 아버지는 주소를 물었고 나는 순순히 답했다. 아버지는 내게 많은 것을 묻는 사람이 아니었기에 무언가 물을 때면 그냥 넘어가기 힘들었다.

한창 짐 정리를 하고 있는데 초인종이 울렸다. 인터폰으로 아버지 얼굴을 보았을 때에는 작게 한숨을 쉬었다. 아버지는 크리스피 크림 도넛 상자를 들고 서 있었다. 나는 웃지 않을 수 없었다. 아버지 당뇨 조심해야 되잖아. 내가 봉투를 받아 들며 말했다. 응, 대리 만족하려고.

어머니는?

나 혼자 왔어.

아직도 화가 안 풀렸나 보네. 나는 도넛을 포장째 냉장고에 넣으며 말했다. 아니야, 스크린골프 갔어. 그리고 아버지는, 희진아, 도넛 지금 먹어. 하나만 먹어. 나는 커피를 내려 아버지와 작은 테이블을 사이에 두고 마주 앉았다. 그렇게 작지는 않네. 아버지는 실내를 한번 둘러보고 말했다. 햇빛도 잘 들고. 잘 골랐어. 나는 고개를 끄덕이며 수긍했다. 회사 근처라서 좋아. 우리는 별 의미 없는 말들을 골라 대화를 이었다. 이번 여름은 너무 더웠는데 이제 곧 가을이고, 금방 연말이 되겠지. 올겨울에는 또 얼마나 추울까. 그러면서 나는 아버지가 본론을 꺼내기를 기다렸다. 정말 하고 싶은 말은 따로 있을 텐데. 맛있어? 포크로 도넛을 잘라 입에 넣는 내게 아버지가 물었다. 아버지도 한 입만 드실래? 아버지는 고개를 저었다. 한 조각은 괜찮지 않을까? 나는 포크로 도넛 조각을 찍어 내밀었다. 나는 아버지가 여전히 고개를 젓거나, 아니면 못 이기는 척 포크를 받아 들 줄 알았다. 그런데 아버지는 입을 벌렸다. 나는 좀 놀랐지만 아무렇지 않은 듯 아버지의 입에 도넛을 넣어주었다. 빵을 받아먹은 아버지는 금방 입맛을 다셨다. 이게 이렇게 달았냐. 아버지는 마치 쓴 것을 먹은 사람처럼 얼굴을 찌푸렸다. 속세의 맛이지. 나는 웃었지만 조금 슬펐고 그건 아버지도 마찬가지였을 거라 생각한다.

내가 이제 그만 가시라고 해도 아버지는 굳이 팔을 걷어붙이고 청소를 돕겠다고 나섰다. 여기 아버지가 도울 게 뭐가 있겠어. 나는 짜증을 숨기지 못했다. 그런데 아버지는 내 말이 들리지도 않는 것처럼 어디서 수세미를 찾아 들고 주방 타일을 닦기 시작했다. 이거만 닦고. 자세히 보니 지저분하다.

아버지는 부엌 청소를 마치고 화장실 청소를 한 후 짜장면과 탕수육을 주문해 이른 저녁까지 먹고 돌아갔다. 아버지는 남의 집에 오래 있는 사람이 아니었다. 부모님은 내가 사는 곳에 와도 간단하게 식사나 차를 함께한 후 서둘러 돌아가기 바쁜 사람들이었다. 그것이 그들이 생각하는 예의였다. 나는 이분이 오늘 왜 이러시나, 의아해하다가 나중에는 그냥 포기했다. 언젠가는 가시겠지, 하고.

아버지가 돌아간 후 나는 소파에 누워 잠이 들었다. 기묘한 꿈을 꾸었다고 생각했는데 눈을 뜨자마자 내용은 잊고 찜찜한 기분만 남았다. 실내는 이미 어두웠다. 간혹 자동차와 오토바이 지나가는 소리가 들렸다. 문득 내가 더이상 수형과 살지 않는다는 사실이 실감되었다. 어제까지 수형과 같은 집에서 생활했는데 오늘은 이런 집에 홀로 누워 있다는 것이 낯설었다. 그냥 돌아갈까. 역시 잘못한 걸까. 그러나 물어볼 사람이 없었다. 불을 켜면 괜찮을 거야, 생각했지만 몸을 일으키지 않았고 한참을 그대로 누워 있었다. 그러면서 나는 수형이 아닌 다른 사람을 떠올렸다. 그 사람의 무엇이 아니라 그냥 그 사람 자체를. 마치 어떤 영화 속 캐릭터를 떠올리듯. 그것만으로도 시간이 잘 갔고 그러다 그와 나누었던 대화들, 말할 때의 표정, 웃음소리, 체온…… 그런 식으로 내가 점점 더 외롭고 고통스러워진 다는 것을 이미 알고 있었다. 그러나 나는 생각을 그대로 두었다. 이러려고 집을 나온 거니까.

나는 일상을 살아갔다. 출근을 했고 회사에서 동료들과 함께 식사를 하고 잡담을 나누었다. 날씨에 대해, 아파트 시세와 요즘 잘 나가는 주식 종목에 대해, 지겨운 전염병에 대해, 살인 사건과 불륜에 대해. 인간 같지 않은 것들에 대해. 그러나 사랑에 관한 이야기는 나누지 않았다. 종종 야근을 했고 정해진 날짜에 월급을 받았다. 그리고 돈을 쓰는 데 성실했다. 경조사를 챙겼다. 세금을 내고 장을 보았다. 술과 안주를 샀다. 그러한 일상에서 수형을 떠올렸다. 수형과 지난 11년간 함께하던 일들이었으니까. 집을 나온 것을 잊고 무의식적으로 수형과 살던 집으로 가다가 돌아온 적도 있었다. 밤에는 홀로 술을 마시며 음악이나 영화를 틀어놓고 창밖이나 텔레비전 화면을 바라보았다. 그럴 때에는 수형이 아니라 그 사람을 생각했다. 친구를 만나지 않은 지는 꽤 되었다. 그들의 물음에 거짓말을 하고 싶지도, 솔직하게 말하고 싶지도 않았다. 제대로 된 말이라는 걸 할 마음이 없었던 것 같다. 아니, 말을 제대로 할 자신이 없었다는 편이 더 맞는 말이겠지.

문제는 주말이었다. 생각이 넘쳐흘러 무슨 짓을 저지

를지 모르겠다는 두려움이 들었다. 그래서 술을 마셨다. 어느 주말인가, 밤새 술을 마시고 잠이 들었다가 눈을 떠 보니 일요일 오후 3시였다. 겨우 몸을 일으켜 욕실 세면대 앞에 섰는데 코피가 났다. 코피를 보는 순간 현기증이 일 어 주저앉았다. 나는 주저앉은 김에 한번 울기로 했다. 코 피가 멈출 때까지 소리 내어 울었고 뜨거운 물로 샤워를 했다. 욕실에서 나와 집을 둘러보니 거대한 쓰레기통 안에 있는 기분이었다. 나는 천천히 청소를 시작했다. 그리고 쓰레기를 버리러 밖에 나갔다가 다시 집으로 올라가기가 싫어서 그대로 슬리퍼를 끌고 산책을 나갔다.

처음 달리기를 시작했던 밤을 기억한다. 금요일 밤이 었고 내게는 똑같은 하루였다. 퇴근 시간이 가까웠을 때 아버지에게서 전화가 왔다. 받을까 말까 망설이는 사이 전화는 끊겼다. 나는, 일하는 중. 왜요?라고 문자를 보냈다. 그러자 아버지는, 저녁 같이 먹을까? 엄마 모임 가서. 나는, 바쁜데,라고 썼다가 지우고 시간과 장소를 정했다. 아버지는 집 근처의 한우 전문 식당에서 나를 기다리고 있었다. 아버지는 오늘 주식 단타로 50만 원을 벌었다며 꽃등심과 전골을 주문했다. 아버지도 어머니랑 같이 골프 다니지. 운동하셔야죠.

나랑 잘 안 맞아. 사람들이랑 몰려다니는 거.

어머니도 전에는 그랬던 거 같은데.

그랬지. 그런데 지금은 너무 좋아하니까. 엄마 거기서 버디순이로 통한다.

버디순이? 아버지는 싫지 않아?

뭐가?

아니, 거기 아저씨들도 많을 텐데.

나는 농담처럼 말했다가 아차 했다. 국자를 들고 끓지도 않은 전골을 괜히 저었다.

그럼 좋지 뭐.

나는 전골을 젓던 손을 멈추고 아버지를 바라보았다. 좋다고?

이 나이에 뭐. 즐겁게 살아야지.

아버지는 눈빛과는 다른 말을 하고 있었다. 아버지.

응?

아버지 백내장 있어?

응. 그런데 나도 운동해. 러닝. 몰랐나?

식사를 마치고 가게를 나선 후에도 아버지는 돌아가기 싫은 눈치였다. 아버지, 나 집에 가서 마저 일해야 해서. 아버지는, 그래, 그래, 하고 당연하다는 듯 수긍했다. 함께 걷다가 배스킨라빈스 간판이 보였고 아버지가 걸음을 멈추었다. 엄마 사다 줘야겠다. 나는 먼저 갈까 하다 마지못해 아버지를 따라 가게로 들어갔다. 아버지는 어머니 몫의 아이스크림을 주문하고는 내게도 골라보라고 했다. 괜찮다고 하는 내게 아버지는 굳이 작은 사이즈의 아이스크림 케이크를 포장해서 손에 쥐여주었다.

집에 돌아오자 피곤함과 졸음이 밀려와 소파에 누웠다. 수형은 내가 화장을 지우지 않은 채 누워 있으면 클렌징 티슈를 가져와 꼼꼼하게 얼굴을 닦아주곤 했다. 수형은 부지런했다. 성실한 사람이지, 수형은. 그리고 그 사람도. 나는 성실한 사람에게 끌리나. 수형의 손이 내 얼굴에 닿기를 기다렸다. 희진아, 방에 들어가서 자자. 수형은 화가 나 있었다. 우리는 목소리만 들어도 알았다. 나한테 화났어? 화났지? 그런데 나는, 미안하다고 말하기가 싫어. 그렇게 말하고 싶지가 않아. 수형은 대답이 없다가 나지막이 내 이름을 불렀다. 박희진.

임수형, 내 이름이 왜 희진인 줄 알아? 박태희와 정연진의 딸이라서 희진이래. 아버지와 어머니의 이름에서 한 자씩 따서 지었대. 징그럽지? 네 이름은 누가 지었다고 했지? 돈 주고 지었댔나? 나는 부모님의 얼굴을 떠올리며 자리에서 일어났다. 이것은 꿈도 현실도 아니었다. 밤 11시가 넘어가고 있었고 속이 더부룩했다. 좋아하지도 않는 소고기는 괜히 먹자 그래서.

나는 슬리퍼를 끌고 집을 나섰다. 편의점에서 소화제

와 간단한 음료를 사서 밖으로 나와 몇 발짝 걷는데 빗방울이 떨어졌다. 비가 오는구나, 했는데 곧이어 굵은 빗줄기가 머리를 때렸다. 사람들이 뛰기 시작했다. 나는 굳이 뛸 필요가 없었지만 사람들을 따라 뛰기로 했다. 슬리퍼를 신은 데다 봉지까지 들고 있어서 속도는 나지 않았다. 마지막으로 뛰어본 적이 언제였더라. 잠깐 뛰었을 뿐인데 숨이 찼고, 그게 좋았다. 집에 들어와서 차가운 탄산수를 마셨다. 창밖으로 비가 세차게 내리는 것이 보였다. 휴대폰을 들어 그 사람에게 거의 한 달 만에 메시지를 보냈다. 우리는 서로 연락하지 않기로 했는데. 각자 생각해보기로 했는데. 상대가 연락이 없다면 정리한 것으로 이해하자고 했는데. 온 힘을 다해 참고 있었는데. 나는 안부를 썼다가 지웠다. 연락하지 않기로 했지만,이라고 썼다가 또 지웠다. 그리고 주소만 보냈다. 나는 혼자 안절부절못하다가 운동화를 꺼내 신고 밖으로 나왔다. 휴대폰은 일부러 두고 나왔다.

　나는 빗속에서 달리기를 했다. 동네를 돌아 나가면 남산 둘레길이 멀지 않았다. 늦은 시간인 데다 비까지 와서 인적이 드물었다. 나는 천천히 달리다가 숨이 차면 걷는 것을 반복했다. 그러다 전력 질주를 했다. 몸이 뜨거워졌고 전력 질주 후에 숨을 토해내는 순간이 괴로워서 좋았다. 달리는 동안에도 나는 그를 생각했다. 아니, 사실은 언제나 그를 생각했다. 그를 생각하거나, 그를 생각하지 말아야 한다는 생각을 하거나. 둘 중 하나였으니까. 집으로 돌아가면 그에게 답이 와 있을까. 집으로 돌아오는 길에 비는 멈추었다. 서울에는 이제 장마가 없어. 스콜만 있지. 다들 그렇게 말했다. 차가운 바람이 이마를 식혀주었다. 빌라 계단을 올라가는데 몸이 떨렸다. 이제 여름이 끝났다는 것을 알았다.

집에 도착하자마자 휴대폰을 켜보았다. 메시지가 와 있어서 심장이 뛰었다. 그러나 그건 아버지에게서 온 문자였고 나는 기운이 쑥 빠졌다. 잘 들어갔지? 비 한번 대차게 온다.

노인네가 잠도 없이. 속으로 아버지에게 욕을 했다. 번지수가 잘못되었다는 걸 알았지만 상관없었다. 아버지에 대한 원망의 힘으로 샤워를 하고 술을 마셨다. 동병상련. 의식적으로 피하고 싶었던 그 오래된 단어를 결국에는 끄집어냈다. 아버지는, 나를 그렇게 생각하는 거겠지. 그런 짐작이 확신이 되었고 나는 이해할 수 없는 혐오감에 사로잡혀 쉽게 진정하지 못했다. 소주를 맥주 컵에 따랐다. 내가 소주 두 병을 비울 때까지 그에게서는 아무런 연락이 없었다. 주소를 알려주었지만 당장 그가 오리라고 기대하지 않았다. 다만, 한마디라도. 거절의 말이라도 괜찮은데. 뜬금없이 주소를 보낸 내 잘못인가.

고등학교 1학년 때였다. 나는 아버지가 다른 사람과 함께 있는 것을 본 적이 있다. 시험 기간이 끝나 부모님 몰래 학원을 빼먹고 친구들과 쇼핑몰에서 영화를 보고 집으로 가던 길이었다. 「해피투게더」. 장국영은 여자보다 더 예뻐. 야, 엉덩이 잡는 거 봤지. 둘이 진짜 사귀는 거 같지 않냐. 장국영 게이래. 이런 말들을 나누면서. 그러다 나는 아버지를 보았다. 아버지의 뒤통수와 어깨를, 그 낯익은 자세를. 아버지 옆에는 여자가 있었다. 여자가 얼굴을 돌렸고 순간 나는 낯선 얼굴을 보았다. 그 환한 표정을. 나는 반사적으로 아버지를 피했다. 피했다고는 하지만 고작 고개를 돌렸을 뿐이었다. 친구들은 수다를 떠느라 정신이 없어서 나의 당황한 모습을 보지 못했다. 그 찰나의 순간 나는 아버지가 몸을 돌려 나를 발견하는 일이 없기만을 간절히 바랐다. 둘은 대로변에 서 있었다. 손을 잡거나 팔짱을 낀 것도 아닌데 의외의 장소에서 아버지를 보았다는 것이, 그 여자가 어머니가 아니라는 사실이, 민소매 원피스에 긴 머리의 젊은 여자라는 사실이 내게는 충격이었다. 나는 옆 친구의 어깨에 가능한 한 얼굴을 숙인 채 둘을 지나쳤는데 한참 걸어가서도 뒤돌아볼 수가 없었다. 아버지와 눈이 마주칠까 봐. 그대로 서서 당황한 얼굴로 나를 보고 있을까 봐. 그날 아버지는 자정이 넘은 시간에 돌아왔다. 어머니는 아버지가 회식으로 늦는다고 무심하게 말했다. 그즈음 어머니는 밤에 잠이 잘 안 온다고 했다. 밤만 되면 몸이 뜨겁다고. 이유 없이 화가 난다고. 정말 이유가 없어? 내가 조심스레 물었다. 엄마는, 응. 진짜로. 그냥 아무 생각도 안 나고 다 싫어.

아버지는 언제나 단정했다. 술에 취해서도 실없는 소리를 하지 않았고 회사에서 성실하게 돈을 벌어왔다. 여름 휴가가 되면 우리는 매년 함께 여행을 다녔다. 내가 그 장면을 목격한 이후로도 아버지는 똑같은 모습이었다. 어머니와 간혹 다투기는 했지만 함께 걸을 때면 어머니는 언제나 아버지에게 팔짱을 꼈고.

나는 종종, 아버지와 여자가 함께 서 있던 장면을 떠올렸다. 그리고 납득하려고 애썼다. 그저 회사 부하 직원이거나 우연히 만난 대학 후배거나. 내가 너무 어려서 뭘 잘 몰라서 오해한 거라고. 어른들의 생활을 몰랐을 때니까. 한동안 예민했던 나도 대학을 가고 연애를 하면서 부모님의 삶에 점점 무심해졌다. 그러나 간혹, 아빠, 그때 그 여자 누구야? 하고 천진한 눈빛으로 물어보고 싶은 마음이 들었다. 하지만 나는 결국 묻지 못했다. 손을 잡지 않았어도, 그저 나란히 서 있기만 했어도 그 둘이 평범한 관계가 아니라는 걸 나는 본능적으로 알았던 것 같다. 차라리 그때 아빠, 여기서 뭐 해,라고 말할걸. 같이 집에 가자고 할걸, 하고 후회도 했다. 왜 나는 그때 내가 잘못한 것마냥 숨기 바빴을까. 그러다가도, 아니야, 내가 오해하는 걸 거야, 하며 고개를 흔드는 것의 반복.

시간이 흐르면서 나는 엄마, 아빠라는 말 대신 어머니, 아버지라는 호칭을 쓰기 시작했다. 그렇게 부르는 것이 편한 나이가 되었다.

술에 취해 깜빡 잠이 든 나는 꿈에서 수형을 만났다. 수형은 땡볕에서 땅을 파고 있었다. 바지를 무릎까지 걷어 올렸고 맨발이었다. 자기 거기서 뭐 해? 내가 묻자 수형이 나를 돌아보며 말했다. 개구리가 없어. 개구리가. 수형의 손에 갈색 개구리가 들려 있었다. 그건 개구리 아니야? 내가 물었다. 이거, 이거는 맹꽁이야. 저거는 두꺼비고. 개구리를 찾아야 하는데, 없어. 수형은 절박하게 말하며 맨손으로 맹렬하게 진흙 더미를 뒤졌다. 나는 수형이 장난을 친다고 생각했다. 나를 놀리는 거라고. 그래서 웃을 준비를 하고 있었는데 수형이 너무 간절해 보였다. 자기 덥지 않아? 땀이 너무 많이 나는데. 수형은 내 말이 들리지도 않는 듯, 없어, 이것도 아니야. 개구리가 없어,라는 말만 반복했다. 나는 그를 도와주려 자리에서 일어났다. 개구리는 뭐 하려고? 물어보려는데 현기증 때문에 다시 자리에 주저앉았다. 땅이 빙글빙글 돌았다. 나는 안간힘을 써서 그에게 몇 발짝 다가갔다. 자기야, 나 너무 어지러운데. 걸을 수가 없는데. 나 좀 봐봐, 수형 씨. 그러나 수형은, 개구리가 없어, 개구리가.

눈을 떴을 때, 나는 개구리를 잊었다. 두꺼비나 맹꽁이도. 다만 어떻게 꿈에서 그렇게 어지러울 수 있는 것인지, 물리적으로 어지러움을 느낄 수 있는 것인지 의아했다. 무슨 병에 걸린 게 아닐까. 뇌에 문제가 생긴 건가. 그런데 현실의 나는 숙취로 인한 두통과 갈증으로 괴로웠다. 누가 물을 좀 가져다줬으면. 애드빌 한 알도. 수형 씨. 남편을 불렀다가 천천히 몸을 일으켰다. 이럴 때에 수형이 떠오르는 건 어쩔 수 없는 건가. 관성이란 집요한 것이어서 항상 함께였던 이가 없을 때 느끼는 허전함이 때때로 고통스러웠다. 그러나 나는, 이러려고 나온 것이니까.

새벽빛이 희미하게 거실을 밝히고 있었다. 나는 두통약이 없다는 것을 깨달았다. 냉장고를 열어 물을 찾는데 물도 없었다. 있는 게 없네, 있는 게 없어. 이런 걸 집이라고 할 수 있어? 나는 홀로 중얼거렸다. 물은 냉장고가 아니라 식탁 위에 있었다. 미지근한 물을 달게 마신 후 식탁 의자에 앉아 멍하니 벽을 바라보았다. 그 사람에게는 아이가 있다. 큰아이가 중학생이라고 했던가. 아이가 있다는 건 어떤 느낌일까. 그는 아내의 질에서 자신의 DNA를 받은 아기가 나오는 장면을 보았을까. 탯줄을 자르며 피냄새를 맡았을까. 두려웠을까. 함께 손을 잡고 감격했을까. 나도 당신과 공유할 무언가가 있으면 좋겠다. 우리 둘만이 가질 수 있는 것. 우리가 나누었던 말들이나 미소나 잠깐의 체온 같은, 각자의 기억 속에서 변형되는 그런 것 말고. 둘 중 하나가 잊으면 증명 불가능한 그런 것 말고. 눈에 보이고 만질 수 있는 무언가를. 나도 그런 걸 갖고 싶다. 나도.

머리는 무거웠고 차가운 게 먹고 싶었다. 입안이 얼얼할 정도로 차가운 것. 나는 습관처럼 냉동실 문을 열었다. 얼음을 얼려놨던가. 얼음이 있을 리가 없겠지. 이런 걸 집이라고 할 수가…… 그런데 아까 아버지가 사 준 아이스크림 케이크 상자가 보였고, 그제야 그게 선물처럼 여겨졌다. 나는 아이스크림 상자를 꺼냈다. 핑크색 리본을 풀고 스티로폼 상자를 열었는데 하얀 김이 올라왔다. 하트 모양의 작은 케이크가 보였다. 나는 케이크를 꺼내기 위해 손을 넣었다. 시원하다고 생각하는 순간 손등이 따끔했다. 드라이아이스가 아직 남아 있었던 모양이었다.

나는 조리대 앞에 선 채로 아이스크림을 퍼먹었다. 너무 차가워서 머리가 찌릿했지만 아이스크림을 입안으로 계속 밀어 넣었다. 달고 차가운 것이 이렇게 좋을 때도 있구나. 그러나 연달아 서너 스푼을 삼켰더니 얼얼함 때문에 맛이 잘 느껴지지 않았다. 그래도 나는 인상을 쓴 채로 꾸역꾸역 아이스크림을 다 먹어치웠다. 혀와 목구멍이 마비된 듯했다. 수형과 나는 아이스크림을 즐기지 않았다. 아이스크림을 사본 것이 언제인지 기억나지 않을 정도로. 그런데 아버지는 아직도 내가.

어릴 때 부모님과 투게더 같은 걸 나눠 먹은 기억이 있다. 어머니는 체리쥬빌레를 좋아했지. 아버지는 주로 사 오는 역할을 담당했고. 아버지는 약속도 잘 지키는 편이었 다. 그러나 적극적인 사람은 아니었다. 어머니가 그런 말 을 하는 것을 간혹 들은 적이 있다. 사람이 뭐랄까, 믿을 만 은 해요. 그런 남자 잘 없어. 아니, 남자건 여자건 잘 없잖 아요? 그게 중요해. 성실하고. 간혹 입 꾹 다물고 있을 때 는 열불 나긴 하지만.

어머니가 말한 믿을 만한 사람이라는 건 어떤 의미였 을까? 거짓말을 하지 않는다? 아니면, 엉뚱한 짓을 하더라 도 완전무결하게 숨기고 어떤 상처도 주지 않을 사람이라 는? 떠나지 않을 거라는? 그렇다면 아버지는 어머니와 가 장 가까웠을까. 믿었을까. 깊이 사랑한다고. 그런 것만이 진정한 사랑이라고. 그 사람도 자신의 아내와? 그렇다면 나와 수형은? 깊은 관계라는 건 오래 함께 살아 서로 손을 놓지 못하는 사이를 말하는 건가. 그 익숙함의 관성에서 벗어날 수 없게 되는 걸까. 거울 속의 나처럼 당연히 보여 야 하는 존재로서. 안온한 일상의 풍경으로서…… 아직 술 이 덜 깼나. 상자 안에서 하얀 김이 스멀스멀 올라오는 것 이 보였다. 나는 상자 안에 손을 넣었다. 그리고 종이 봉지 를 손에 쥐었다. 조약돌만 한 것이 잡혔다. 손바닥이 서늘하게 차갑다가 따끔한 통증이 느껴지는가 싶더니 금방 뜨거워졌다. 입술을 깨물며 참아보았다. 그러나 어느새 손바닥이 찢어지는 것처럼 아팠고 그제야 급히 손을 뺐는데 드라이아이스 봉지가 손에 붙어 떨어지지 않았다. 나는 싱크대로 가서 물을 틀어 손을 담갔다. 봉지는 물에 닿아도 금방 떨어지지 않고 하얀 연기만 천천히 뿜어냈다. 이러다 손을 못 쓰게 되는 건 아닌가 두려웠다. 그러나 봉지는 잠시 뒤에 떨어져나갔고 손바닥이 붉게 부풀어 올랐다. 너무 아파서 신음이 나왔다. 기묘하게도 두통은 사라졌고 믿음이니 사랑이니 하는 생각도 들지 않았다. 오로지 손바닥의 통증만이 나를 지배했고 나는 그 통증 때문에 울었다. 서랍을 뒤지며 구급상자를 찾았다. 집을 나온 후 처음으로 정상적인 생활인이 된 기분이었다. 발바닥에 닿는 바닥의 감촉이 비로소 실감되는.

　다음 날에도 통증 때문에 잠에서 깼다. 드라이아이스가 닿았던 부분이 벌겋게 물집이 잡혀 주먹을 쥘 수가 없었다. 나는 옷만 대충 챙겨 입고 근처 병원을 찾았다. 나이가 지긋한 의사는 내 손을 보고도 아무런 표정의 변화가 없었다. 그 표정을 보자 나도 마음이 가라앉았다. 통증도 줄어든 것 같았다. 모르고 드라이아이스를 잡았어요. 의사는, 소독합시다. 그리고 드레싱을 시작했다. 소독액이 닿았을 때는 반사적으로 움찔했다. 그래도 화상에 비해서는 덜 아플 거예요. 조직이 이미 좀 죽어서.

죽었어요? 그런데 이게 화상이 아니라구요? 엄청 뜨거웠는데.

이건 동상. 뭐, 증상은 비슷한데.

되게 뜨거웠는데. 불에 덴 것처럼.

그게, 너무 차가워서 뜨겁다고 느끼는 겁니다.

얼마나 갈까요?

좀 걸립니다. 어떻게, 오래 잡고 계셨나 봐요.

네?

항생제 드시고 드레싱 받으러 서너 번 더 오세요.

의사는 대수롭지 않다는 듯 말했다. 진료실을 나오다 나는 의사에게 물었다. 흉 질까요? 의사는 키보드를 두드리다 말고 나를 바라보았다. 감염 안 되게 조심하세요.

삼키면 죽나요? 내 말에 의사의 미간이 살짝 찌푸려지는 것을 보았다.

일단 구강에서 붙어버립니다.

나는 고개 숙여 인사를 하고 진료실을 나왔다.

수형의 어머니 생신 기념 식사 모임이 다음 주 주말에 있었다. 수형이 자신의 식구들에게는 별거 사실을 알리고 싶지 않다고 했었고 나는 동의했다. 시간이 지나도 내 마음에 변함이 없다면 그때 가서 알려도 좋지 않겠냐고 말하

73
아무도

는 수형에게 그마저도 싫다고 할 수는 없었다. 그래서 중요한 가족 모임에는 함께 참석해야 했다. 그것까지 계산에 넣지는 못했는데.

수형은 집 앞에서 기다리고 있었다. 내가 조수석에 타자 수형이 웃으며 말했다. 오랜만이네. 나도 그를 따라 웃었다. 응, 그렇네. 그러나 우리는 서로의 눈을 제대로 쳐다보지 못했다. 나는 그에게 잘 지냈냐고 물으려다 입을 다물었다. 어색한 공기가 우리 사이를 맴돌았다. 서로 말을 고르는 동안 떠도는 잠깐의 침묵이 낯설었다. 수형은 말끔한 슈트를 입고 있었지만 얼굴이 까칠했다. 손을 들어 그의 얼굴을 쓰다듬고 싶었는데 그럴 수가 없었다. 가자. 내가 짐짓 밝게 말했고 그는 고개를 끄덕였다.

손은 왜 그래?

밴드를 붙인 손을 본 수형이 물었다. 어, 좀 데었어.

어쩌다?

응, 그냥…… 근데 자기, 너무 차가워도 불에 덴 것처럼 뜨거운 거 알아? 그걸 구분을 못 한대, 우리가.

드라이아이스?

아네.

알지. 그런데 어쩌다?

어쩌다.

나는 수형에게 무의식적으로 자기,라고 한 게 마음에

남았다. 우리는 식당에 도착할 때까지 별다른 대화를 나누지 않았다. 식당에는 이미 수형의 어머니와 여동생 부부가 우리를 기다리고 있었다. 수형의 어머니는 은빛 원피스를 입고 테이블 중앙에 앉아 우리를 맞았다. 어머님, 생신 축하드려요. 아가씨도 잘 지내셨죠? 나는 반가운 얼굴로 인사를 건넸다. 고맙다. 수형의 어머니는 웃으며 우리 둘의 얼굴을 살폈다. 일이 힘들지. 올여름 너무 더웠어. 응, 엄마. 너무 더웠지. 수형이 대답했다. 서은이는 안 왔어? 수형이 동생 부부에게 물었다. 이제 중3이라고 사적으로 바쁘시대. 그래도 외숙모한테 꼭 안부 전해주라고. 서은이가 올케언니 좋아하잖아. 나는 웃는 것 말고는 할 게 없었다. 그래도 할머니 생신인데. 수형이 말했고 수형의 어머니는, 며칠 전에 집에 왔었어. 생일이 뭐 대수라고. 요즘 세상에. 수형이 너는 희진이 잘 좀 먹여야겠다. 하나밖에 없는 내 며느리 얼굴이. 참, 안사돈한테 선물 고맙다고 전하고.

나는 그렇게 임수형 가족의 일원으로서 식사를 했다. 전에는 당연하게 받아들였던, 나를 부르는 다양한 호칭이 이토록 견고하게 나를 묶고 있었다니. 싫다는 마음은 없었다. 다만 하나씩 다르게 불릴 때마다 나는 나로부터 조금씩 멀어졌다. 나의 생활과 나의 마음이 이렇게나 서로 멀수도 있구나, 생각하며 그들과 함께 있는 동안 밝은 얼굴로 앉아 있는 나를, 또 다른 내가 무감하게 바라보고 있었다. 나는 나를 잊고 싶었다. 고개를 돌려 수형을 보았다. 그는 여전히 나와 눈을 맞추지 않았다. 그도 나와 비슷한 마음일까. 그렇겠지. 나는 미안함과 죄책감을 느꼈다. 그러나 사과를 하는 대신 나는 웃기로 했다. 어머님, 오늘 너무 멋지세요. 나는 수형의 어머니에게 할 수 있는 가장 밝은 목소리로 말을 걸었다. 이러려고 여기 온 것이니까.

모임이 끝난 후, 수형은 나를 집 앞까지 바래다주었다. 오늘, 고마웠어. 수형이 말했다. 이런 건 아무것도 아니야. 내 말에 그가 나를 바라보았다. 아무것도 아니라니?

알잖아. 중요해 보여도 실은 아무것도 아니라는 거. 어려운 것도 아니고.

……그래도 나는 좋았어. 고맙고.

네가 고마울 일이 아니야. 약속을 못 지킨 건 나니까.

약속? 무슨 약속?

결혼했잖아. 우리가.

아…… 희진아. 그거야말로 정말 아무것도 아니야. 아무것도.

9월 말이 되자 달리기하기 좋은 날씨가 찾아왔다. 나는 밤이 되면 달리기 위해 나갔다. 처음에는 뛴다고 하기에도 민망한 수준이었는데 점점 뛰는 시간이 늘어났다. 폐가 아플 정도까지 뛰다가 멈춰 서서 숨을 내뱉는 그 순간이 기다려졌다. 집에 돌아와 샤워를 하고 맥주 한 잔을 마시면 잠이 잘 왔다. 내가 달리기를 한다는 사실을 안 아버지는 러닝화를 사 들고 찾아오기도 했다. 내 발 사이즈는 어떻게 아셨어?

엄마가 알던데? 아버지는 이번 주에 함께 러닝을 할 수 있는지 물었다. 나는 바로 답하지 못했다. 그러나 아버지 역시 많은 망설임 끝에 꺼낸 말이라는 것을 알았다. 너 바쁘면 됐고. 아니 거기 코스가 좋다고들 그래서.

약속한 날이 되었고 아버지는 트레이닝복에 러닝화 차림으로 차에서 내렸다. 소위 가을장마로 불리는 시즌이라 전날에는 하루 종일 비가 내렸다. 우리는 산책로를 향해 천천히 걸었다. 비가 내린 다음 날이라 한층 더 선선한 바람이 불었다. 나는 그냥 내 맘대로 뛰어요. 아버지는 답답할 수도 있어. 산책로에 다다라 우리는 함께 달리기 시작했다. 시간이 지날수록 우리는 말이 없어졌고 각자 내뱉는 숨소리만 들렸다. 아버지는 잘 달렸다. 달리는 모습을 보면 노인 같지 않았다. 아버지는 자신의 나이를 어떻게 느낄까. 믿기지 않겠지. 결국 우리는 자신이 믿을 수 없는 나이에 들어서게 되니까. 예외 없이. 나는 아버지의 뒷모습을 보며 뛰었다. 기온은 높지 않았지만 달리다 보니 금방 땀이 났다. 나는 이미 숨이 턱까지 차서 한계에 도달했는데 나 때문에 아버지의 달리기를 멈추게 하고 싶지 않

아무도

왔다. 그러나 더 이상 숨을 쉴 수 없을 것 같은 순간이 왔고 나는 최대한 소리를 내지 않으려 애쓰며 천천히 멈춰 섰다. 아버지는 조금씩 멀어져갔고 나는 아버지의 모습을 바라보며 힘겹게 숨을 토해냈다. 아버지, 돌아보지 말고 뛰어. 계속 가세요. 멀리. 나는 속으로 간절하게 외쳤다. 그러나 아버지는 금방 뒤돌아보았고 나를 향해 뛰어왔다.

내 앞에서 아버지는 제자리 뛰기를 하며 웃었다. 아버지 대단하다. 내가 여전히 헐떡이며 말했다. 너도 생각보다는 괜찮네. 아버지는 규칙적으로 숨을 내쉬었다. 우리는 천천히 걸어 산책로를 내려왔다. 너도 스마트 워치를 사. 아버지는 자신의 시계를 보여주며 우리가 얼마나 달렸는지 알려주었다. 3.9킬로미터, 31분. 고작 30분 지났다고? 와, 말도 안 돼. 그런데 아버지는 좀더 뛰어야 하지 않아? 그러나 아버지가 혼자 달릴 거라는 생각은 들지 않았다. 확실히 여기 공기가 좋네. 아버지는 스트레칭을 하며 말했다. 아버지가 다음에도 함께 달리자고 하면 어쩌나, 어떻게 거절을 하나 생각하다가, 아버지 동네도 공기 좋은데 뭐. 나는 겨우 그런 대답으로 내 본심을 전했다.

달릴 때는 몰랐는데 걷다 보니 화단에서 기어 나온 지렁이들이 곳곳에 눈에 띄었다. 나는 지렁이를 밟지 않기 위해 바닥을 보며 걸었다. 지렁이들은 더듬이 같은 그런 센서가 없나 봐. 왜 이렇게 기를 쓰고 죽으려고 나오는 걸

까. 멍청하게 엉뚱한 데로 계속 가잖아. 내가 속상하다는
듯 말하자 아버지가 웃었다.

너, 어릴 때 기억 안 나? 지렁이 보이면 소금 집어다가
뿌렸어.

내가?

응. 소금 뿌리면 지렁이가 아주 난리를 치면서 죽
잖아.

그렇지. 맞아. 내가 그랬어.

넌 그게 재밌다고 비 온 뒤에는 매번 소금을 집어서
밖에 나가기 바빴어.

왜 안 말렸어?

걱정했지. 애가 왜 저렇게 잔인한가. 우리가 잘못 가
르쳤나, 하고. 그런데 엄마가 그냥 두라더라고.

엄마가?

응. 엄마가.

아버지는 어머니 말을 잘 듣네.

아버지는 집에 들르겠다는 말 없이 바로 차를 타고 돌
아갔다. 나는 아버지의 차가 시야에서 사라질 때까지 서서
지켜보았다. 주스라도 한잔하고 가시라고 했어야 했나.

그 사람에게서 연락이 온 것은 그로부터 며칠 뒤였다.
아직도 그 주소가 유효한 거냐고 물었다. 나는 그렇다고

답했다. 그는 마지막으로 보았을 때와 변함없는 모습이었다. 마치 우리 사이에 아무 일도 없었다는 듯 웃으며 인사했다. 집이 아늑하고 예쁘네요.

나는 그가 가져온 와인을 땄다. 술을 마시며 우리는 그간의 안부를 묻고 각자의 회사 생활과 최근에 본 영화와 전염병의 추이와 전기 차와 북극곰에 대해 이야기를 나누었다. 사랑에 관한 이야기는 하지 않았다. 나는 취기가 돌았고 어느 순간 그가 도대체 여기서 왜 이런 말들을 하고 있는 것인지 의아해졌다. 나는 말을 하는 그의 입술을 바라보았다. 희진 씨, 취했어요? 그가 물었고 나는 시선을 옮겨 그의 눈을 보았다. 안 취했다고 말하면 취한 건가요. 그는 또 웃었다. 여기에 왜 왔어요?

나도 모르겠어요.

이제, 어떡할까요?

희진 씨, 나는…… 아내를, 가족을, 사랑하거든요.

그래서요?

나는 자리에서 일어났다. 어지러웠다. 내가 테이블을 잡은 채 눈을 감고 서 있자 그가 다가와 나를 잡았다. 괜찮아요? 나는 그의 얼굴에 손을 대어보았다. 우리 섹스할래요? 나의 말에 그의 눈빛이 흔들렸다. 머뭇거리는 그에게 입을 맞추었다. 그의 혀가 내 입술에 닿았다. 나는 입술을 뗐다. 나는 이러려고 집을 나온 거예요. 그런데, 왜 나를 볼 때마다 아내 얘기를 하는 거죠? 그건 당신 아내한테 해야 하는 말이잖아요.

나는 그의 상처받은 얼굴을 보았다. 한참 후에 그가 입을 열었다.

희진 씨, 나는 1999년으로 돌아가고 싶어요.

낙엽이 지나 했는데 어느새 눈이 내리고 있었다. 손바닥의 상처는 갈색 흉터를 남겼지만 크게 거슬리지는 않았다. 시간이 지나면 점점 희미해지겠지. 나는 중고 마켓에서 스마트 워치를 샀고 달리기를 계속했다. 저렴한 가격에 샀다고 좋아했는데 시계 기능만 정상이었다. 어느 날에는 9.1킬로미터를 23분에 뛰기도 했고 심박수가 8bpm으로 표기되는 날도 있었다. 처음에는 화가 났는데 나중에는 그게 재미있었다. 어제는 우사인 볼트로 오늘은 좀비가 되어 달렸다. 홀로 달리기를 할 때면 간혹 아버지와 뛰던 날이 생각났다. 아버지는 얼마 전 백내장 수술을 받았고 아버지가 회복하면 어머니 차례라고 했다. 어머니는 가끔 반찬을 가지고 아버지와 함께 집에 들렀다가 언제나 그랬듯 금방 떠났다. 그런데 그날은 어머니 혼자였다. 근처 백화점에서 쇼핑을 하고 잠깐 시간이 났다고 했다. 주말인데 왜 매번 집에 있니. 어머니는 쇼핑백 하나를 내게 건네며 말했다. 주말이니까 집에서 쉬어야지.

너 연애하려고 나온 거 아니었어?

나는 아무 대답도 하지 못하다 쇼핑백 안을 들여다보았다. 이건 뭔데?

속옷. 예쁘더라고. 내 거 사면서 네 거도 샀어. 쇼핑백 안에는 검은색 레이스 속옷이 들어 있었다. 사이즈 안 맞거나 맘에 안 들면 교환해.

고마워요. 그런데, 이런 비싼 속옷은 좀 아깝다.

나이 들수록 기분 전환이 쉽지 않잖아. 돈 좀 써야지 뭐. 이쁘지? 어머니는 속옷을 꺼내 들어 보였다. 난 아직도 이런 게 좋더라.

어머니 좋으면 됐지 뭐.

그렇지? 너도 너 좋은 걸로.

응?

그거, 맘에 안 들면 바꾸라고. 2주일인가, 하여간 그 안에 교환해야 돼. 그리고, 수형이 저렇게 내버려두지 마. 아예 이혼을 하든가, 아니면 얼른 들어가든가. 너도 참. 그렇게 계산 없이.

어머니, 난 누굴 닮은 걸까?

나도 모르겠다. 근데, 누굴 닮았으면 뭐.

어머니는 피곤하다는 듯 길게 하품을 하고 머리를 매만졌다.

어머니가 돌아간 후 혼자 밥을 먹었다. 그 사람 생각

을 하다가 정작 문자는 수형에게 보냈다. 이따 밤에 같이 아이스크림 먹을까? 그리고 한참 뒤 트레이닝복으로 갈아입고 밖으로 나갔다.

바깥 공기가 찼다. 나는 산책로에 들어서기 전부터 천천히 달리기 시작했다. 이렇게 달리다 보면 차가운 바람이 시원하게 느껴지는 순간이 찾아온다. 나도 이제는 그것을 안다. 이 계절에는 비나 눈이 내린 다음 날에도 지렁이는 나오지 않는다. 지렁이들은 땅속에서 잠을 자는 걸까. 공간 감각은 떨어져도 기온에는 예민한 건가. 나는 산책로에 진입해 속도를 높였다. 간혹 낯익은 사람들이 보였다. 비슷한 시간대에 매일 달리기를 하는 사람 몇몇이 있다. 그들도 내가 눈에 익겠지만 우리는 서로 알은척을 하지 않았다. 그게 좋았다. 한참을 뛰고 있는데 수형에게서 메시지가 왔다. 뭐 사 갈까? 나는 그 답을 보고 미소 지었던가. 아몬드봉봉. 체리쥬빌레는 별로야.

나는 20분 정도를 더 달린 후 몸을 돌려 집으로 향했다. 3분의 1쯤 내려왔을 때 하늘에서 진눈깨비가 떨어지기 시작했다. 작고 차가운 것이 얼굴에 부딪혔다. 나는 뛰기를 멈추었다. 산책로 옆으로 난 길에 벤치가 보였다. 그곳에 가서 앉았다. 옆에 누군가 있으면 좋겠다는 생각이 들었다. 그게 수형은 아니라는 사실이 슬펐다. 그래서 나는 눕기로 했다. 그런 생각이 들지 않도록. 누워보니 야외 벤치에 누워본 적이 한 번도 없었다는 것을 깨달았다. 땀이 났던 등이 차갑게 식었다. 얼굴로 진눈깨비가 점점이 떨어졌다. 나는 눈을 뜬 채, 물도 얼음도 아닌 것이 떨어지는 것을 바라보았다. 밤은 어둡지만 아예 깜깜하지는 않구나. 언젠가, 노숙인이 되어도 좋겠다는 생각을 한 적이 있다. 아무에게도 말하지는 않았다. 중2병이라거나 배부른 허무주의자라는 비난을 받았겠지. 여전히 나는 노숙인의 삶을 간혹 상상한다. 집이 없는 사람이 되어 아무거나 먹고 아무나와 자고 아무것도 소중한 것이 없는 상태를. 안온한 일상이 존재하지 않는 나날을. 친구와 가족과 이름을 버리고. 집착도 사랑도 모르는. 그렇게 죽음에 노출되어 하루하루 연명해가는 삶을. 결코 자살은 하지 않고. 나는 눈을 감았다. 눈을 감았는데도 입에서 나오는 하얀 입김을 보고 있는 기분이었다. 점점이 떨어지는 진눈깨비도. 물도 얼음도 아닌······

어우, 깜짝이야!

놀라는 낯선 목소리에 나는 반사적으로 몸을 일으켰다. 내 앞에는 연인으로 보이는 젊은 남녀가 눈만 동그랗게 내놓고 서 있었다. 죄송합니다. 나는 자리에서 일어나며 사과했다. 괜찮으세요? 여자가 물었고 나는 네네, 하고 등을 돌려 걷기 시작했다. 와 씨바 존나 놀랐네. 야, 조용히 해. 들리겠다. 하는 말을 들으며. 그런데······ 내가 왜 사과를……

　수형의 차가 라이트를 켠 채 주차장에 서 있었다. 내
가 다가가 창문을 두드리자 수형이 고개를 돌려 나를 보았
다. 수형은 아이스크림 봉투를 들고 차에서 내렸다. 많이
기다렸어? 전화기가 맛이 가서. 나는 시계를 들어 보였다.
얼마 전에 중고로 샀는데 사기당한 거 같아. 그걸 왜 중고
로 사. 내가 새거 하나 사 줄게. 와, 멋지다. 그런데 이제 필
요 없어. 이런 대화를 나누며 우리는 마치 함께 사는 사람
들처럼 집으로 올라왔다.

　수형은 첫 방문임에도 어색한 기색 없이 나를 따라 실
내로 들어섰다. 그러나 나는 그가 긴장을 숨기고 있다는
것을 알았다. 별거한 지 4개월째 접어들고 있었다. 수형은
내가 옷을 갈아입고 샤워를 하는 동안 손수 아이스크림 포
장을 풀어 식탁 위에 세팅했다. 마치 자신에게도 당연히
허락된 공간이라는 듯. 손은 좀 어때? 그는 나의 손을 잡고
손바닥을 살폈다. 희미하지만 남아 있는 흉터를 보고 수형
은 혀를 찼다. 그리고 싱크대에 물을 받아 아이스크림 포
장에 들어 있던 드라이아이스를 버렸다. 그런데 갑자기 아
이스크림은 왜? 날도 쌀쌀한데.

　몰라. 이상하게 차가운 게 가끔 먹고 싶더라고. 나이
드니까 체질도 변하는 건지.

우리가 그런 나이인가. 수형은 스푼으로 아이스크림을 떠서 내게 내밀었다. 나는 스푼을 받으려다 입을 벌렸다. 수형은 피식 웃으며 아이스크림을 먹여주었다. 자기도 먹어. 수형은 고개를 끄덕이고는 새 스푼을 들어 아이스크림을 떴다. 정말 오랜만이네. 수형이 말했고 우리는 한동안 말없이 아이스크림을 먹었다. 그래봤자 고작 두세 스푼이었지만. 나는 아이스크림을 입안에서 천천히 녹여 먹었다. 그러다 어느 순간 오한이 들었다. 찬 것을 먹어 추운가 했는데 목덜미와 관자놀이 부근이 점점 뜨끈해지기 시작했다. 근데 나, 열나는 거 같아. 수형이 망설임 없이 손을 뻗어 내 이마를 짚었다. 그러네. 추운데 땀 흘려서 그런가보다. 그런데 아이스크림은 왜 먹냐. 약 먹자. 수형이 자리에서 일어났다. 약이 없어.

사 오면 되지.

아니야, 그냥 앉아 있어. 기분이 좋거든. 몽롱한 게.

수형은 내 말을 듣지 않고 약을 사러 다녀오겠다고 했다. 조금만. 조금만 있다가 가면 안 될까. 수형은 마지못해 다시 자리에 앉았다. 수형 씨, 나는 1999년으로 돌아가고 싶다?

1999년?

응.

그때로 돌아가면 뭘 하려고?

운동. 운동을 열심히 해서 선수가 되려고. 일찍 일어나서 하루 종일 훈련하는.

수형이 허공을 보며 웃었다. 어떤 종목?

음, 테니스나 탁구? 아니면 활을 쏴볼까.

그래. 그렇게 해.

우리는 오래전 각자 지나온 과거에 대해 마치 미래의 이야기를 하듯 대화했다. 나는 과거로 돌아가면 하고 싶은 일들에 대해 열에 들떠 주절거렸다. 그러나 말을 하면 할수록 과거로부터 멀어져 빠르게 늙어가고 있는 기분이었다. 그런데도 말을 멈출 수가 없었다. 내 말을 듣고 있는 수형의 얼굴이 점점 낯설어졌다. 그렇게 해. 99년으로 돌아가면. 전에 본 적 없는 차가운 표정으로 수형이 말했다. 나는 그제야 입을 다물었다. 아이스크림이 녹고 있었지만 우리는 그것을 보고만 있었다.

희진아, 이제 그만 집에 들어가자. 수형이 마른세수를 하며 말했다.

집? 여기는 집이 아닌가. 생각했지만 말하지는 못했다. 감기에 걸린 게 분명했다. 아니면 몸살. 그것도 아니면 감기 몸살. 이렇게 귀랑 머리가 뜨거운데 몸은 이렇게 춥고 떨리다니.

수형 씨, 나는 당신을 사랑해. 이런 게 사람들이 흐뭇한 표정으로 고개를 끄덕여주는, 그런 사랑이라는 걸 알

아. 하지만 나는 그 사람을 원해. 지금껏 이렇게 누군가를 원한 적이 없었어. 아니, 있었겠지. 있었을 거야. 하지만 그런 적이 있었다는 것을 잊을 정도로 원해. 나를 개라고 생각해도 좋아. 그래, 그게 맞을지도 모르지. 이건 그저 개 같은 욕망일 뿐이라고. 미래는 없다고. 지나가는 바람이라서 나중에 백퍼 후회할 거라고. 더러운 꼴을 볼 거라고. 그런데 그게 뭐? 그게 어쨌다는 거지?

하지만 나는 당신과 집으로 돌아갈 것이다. 당신이 이 일을 결코 잊지 못하리라는 것을 나는 안다. 그럼에도 너와 함께 생활하기 위해. 아주 오랫동안 함께 살기 위해. 부모는 되지 않고.

어떤 마음은 없는 듯, 죽이고 사는 게 어른인 거지. 그렇지? 그런데 어째서 당신들은 미래가 당연히 존재할 것이라고 믿는 건가? 그러나 이 모든 말을 나는 할 수 없었다. 수형의 뒤에서 하얀 수증기가 뭉게뭉게 피어오르고 있었다. 자기야, 꿈같아. 내가 겨우 입을 열었다.

응?

자기 뒤로 하얀 연기가 막 피어오르니까.

수형은 뒤를 슬쩍 돌아다보고는 힘없이 웃었다. 연기가 아니라 수증기지. 그걸 뭐라고 하더라. 승화? 맞나. 승화. 그러니까 이산화탄소가……

수형 씨, 나는 지금 꿈을 꾸는 거 같아. 아주 낯선, 처음 꾸는 꿈. 그런데 이게 좋은 꿈인지 나쁜 꿈인지 모르겠다?

빨리 깨고 싶어?

나는 남편의 말에 천천히 고개를 끄덕였지만 아니라고 말하고 싶었다. 누군가 단 한 명이라도 깨지 않아도 된다고 말해주는 사람이 있으면 좋겠다고 생각했다. 그러나 아마 그런 사람은 없겠지. 아무도.

인터뷰

위수정 ✕ 이소

이소 첫인사를 서면으로 드리게 되네요. 답변을 듣기 위해 한동안 기다려야 한다고 생각하니 아주 오랜만에 편지라는 걸 써보는 것 같습니다. 며칠 전 아이스크림을 사 와 냉동실에 넣으려는데, 드라이아이스를 한참 동안 빤히 쳐다보게 되더군요. 만져볼까 말까 고민하다가 얼른 버렸습니다. 마감은 해야 하니까요. 위수정 작가님에게도 삶이 얇고 가볍게 느껴지는 순간 그걸 붙잡아놓기 위해 「아무도」의 희진처럼 독인 줄 알면서도 행하는 응급처치가 있는지 궁금합니다. 뜨거운지 차가운지 구별하기 어렵지만 반드시 실감은 만들어내고야 마는 드라이아이스 같은 존재가 있는지요.

위수정 질문 중에 '독인 줄 알면서도 행하는 응급처치'라는 표현이 재미있어요. 그 부분만 떼어놓고 생각해보면, 카페인, 알코올, 니코틴…… 등등의 것들이 우선 떠오르지만, 그런 것들은 질문의 의도와는 다른 대답 같네요. 아마도 '실감'이라는 단어에 초점이 맞춰져야 할 듯한데요. 저는 희진과 달리 소위 '사회인의 삶'과는 약간의 거리감이 있는 생활을 하고 있습니다. 저는 직장을 다니지도, 가족과 함께 생활하고 있지도 않아요. 반려견과 둘이 거의 매일, 집에서 시간을 보냅니다. 그러다 보면 온종일 영화나 책을 보기도 하고 강아지와 대화를 나누기도 합니다. 간섭하는 이가 없으니 음악을 들으며 망상에 빠져 하루를 다 보내기도 하고요. 그런 시간이 길어지면 소설 속의 희진처럼 혼자만의 세상에서 뇌만 열심히 가동하고 있게 되는 거죠. 그러면 아무래도 기분이 가라앉게 돼요. 우울해지고.
그럴 때에는 몸을 움직이려고 해요. 미뤄둔 청소를 하고 산책을
좀 오래 다녀오거나 생필품을 구입하기도 합니다. 고장 난 물건
을 고쳐보려 한다든가, 설명서를 읽으며 무언가를 조립하거나.
하지만 증상(?)이 심각할 때에는 그런 수준으로 '실감'을 얻어
내기는 어려운 것 같아요. 게다가 이런 종류의 일은 독이라기보
다는 좋은 쪽에 가까운 것이고.

　　　　이상한 얘기일 수도 있는데, 정말 실감이라는 것이
필요할 때에는 부모님 댁에 가요. 부모님 댁에 자주 가는 편이
아닌데 가끔 가게 되면 온전하게 현실의 삶을 경험하게 된달까.
'독인 줄 알면서'라는 말이 걸려서 이상한 얘기라고 말씀드렸
는데, 일단 꿀은 아닌 것 같아요. 아니, 꿀인 동시에 약간의 독
이랄까요. 뜨거운지 차가운지 모르겠다는 편이 더 적합할 것 같
기도 하고요. 온탕과 냉탕을 왕복한다고 해도 될 것 같고. 집 안
으로 들어서는 순간부터 가족 구성원으로서의 안정감을 느끼
며 무척 현실적인 이야기들을 나누면서 일반적인 생활인으로
서의 제 모습을 끄집어내게 되지만 한편으로 은근한 스트레스
를 받기도 하니까요. 그런 스트레스도 분명 어느 정도는 필요한
것 같아요. 이제는 자해에 가까운 응급처치는 하지 않게 되어
버린 것 같네요. 아마도 나이가 들어서 그런 것일 텐데, 급하게
불을 끄는 응급처치에 가까운 '독'은 이제 사용하지 않게 되었
어요.

이소　　　　희진의 감정은 소설 속 날씨의 변화처럼 큰 온도 차를 보입니다. 희진은 노숙인의 삶을 선망하지만, 물도, 약도, 얼음도 없는 "이런 걸 집이라고 할 수 있어?"라고 반문하기도 하고, "이러려고 집을 나온" 것이라고 곱씹다가도 여전히 수형에게서 편안함을 느끼기도 합니다. 이런 희진의 양가감정은 어디서 유래하는 걸까요. 어떤 사람은 무슨 선택을 하든 늘 양가적인 상태에 빠지기도 하고, 어떤 사람은 가족이나 결혼처럼 '영원하길 요구받는 제도적 결합'에 잘 적응하지 못해 이런 교착상태에 빠지기도 합니다. 만약 희진이 전자의 사람이라면 이것은 그녀가 평생 감당해야 할 감정의 파고일 것입니다. 하지만 후자라면 저는 그녀가 고통스럽더라도 수형에게 돌아가지 않길 응원하게 됩니다. 또, 희진의 '감정'은 코피, 열, 숙취, 몸살, 비, 진눈깨비 등 뜨겁고 차가운 '감각'으로 전환되어 나타납니다. 그러다 보니 감각과 시간의 관계가 그러하듯, 희진의 감정도 시간에 연동하여 피어나고 사그라지는 것처럼 보이기도 합니다. 아무리 추워도 달리고 나면 따뜻해지는 것처럼, 여름이 지나면 어김없이 선선한 바람이 불어오는 것처럼, 이것은 희진의 '한 시절'일까요, 혹은 평생을 지고 갈 삶의 무게일까요. 물론 소설의 결말을 보면 이 모든 상태를 구별하기란 좀처럼 어려운 일이라는 걸 알게 되지만, 그래도 저는 희진이 "어떤 마음은 없는 듯, 죽이고 사는 게 어른"이라고 자신을 설득하지 않길 바라게 됩니다.

위수정　　후자의 경우에 속하는 사람이라면, 결국 어떤 형태로든 그것을 벗어날 수밖에 없다고 생각해요. 사회적 관계에 끝내 적응하지 못한다면 그 관계를 벗어나야만 살아갈 수 있을 테니까요. 하지만 대부분의 사람은 전자에 속하지 않을까요. 희진이 선망하는 노숙인의 삶이란 사회적 테두리의 바깥에 존재하는 사람들이죠. 그렇다고 아예 사람들 눈에 보이지 않는 존재도 아닌, 말하자면 열외의 존재들이랄까. 희진이 홀로 나와 사는 삶 역시 그런 점에서 노숙인과 닮은 부분이 있어요. 본인도 그곳을 '집'으로 쉽게 마음 붙이지 못하니까요. 단지, 물이나 약 같은 게 없다고 해서 집이라고 느끼지 못하는 것은 아닐 거예요. 여행지의 숙소 같은 느낌이랄까. 가족도, 익숙한 일상도 없는 장소에서 머무는 기분은 낯설지만 또 편하기도 할 테고, 불안한 동시에 해방감을 느끼기도 하겠죠. 양가적인 감정들은 종종 함께 붙어 다니는 것 같아요.

　　　　　사람들 간의 관계나 윤리, 도덕 같은 것은 쉽게 규정할 수 있는 것처럼 보이기 쉽고, 또 분명한 것처럼 단정적으로 말해지기도 해요. 실은 그 선이라는 것은 멀리에서 보면 진하고 빈틈없이 그어져 견고한 듯 보이지만 가까이에서 들여다보면 틈이 무수한 점과 점으로 이루어져 있을 거예요. 저 역시 평온하고 잔잔한 삶을 원해요. 믿을 수 있는 사람과 오래 함께 생활하며 얻어진 안정감 있는 일상을 원하죠. 하지만, 아마도 그러한 견고한 삶을 위해서는 많은 노력과 자기 암시가 필요할 거예요. 그런 생활은 편하고 큰 타격이 없어서 건강에 좋을 수도 있겠지만 한편으로는 그걸 벗어나고픈 욕망도 존재하겠죠. 그런데 일상의 파트너가 있다면 마음의 파고에 따라 끌리는 대로 살기는 힘들 것 같아요. 그런 의미에서 희진은 결국 '어른'이 되는 길을 택한 것 같기도 해요. 그걸 '택했다'고 볼 수 있다면요. 혼자 원한다고 해서 가능한 일은 아니고, 또 이미 너무 많은 관계 속에 규정된 삶을 살고 있는 희진으로서는 어쩔 수 없이 체념하게 된 것이 아닐까 생각해요. 제 생각에 어른이라는 것은 '참는 사람' 같아요. 가족과 미래, 그리고 자신의 평안을 위해. 다만 저는, 견고해 보이는 모든 것들도 금방 허물어질 수 있다고 항상 생각은 해요. 마음먹고 조금만 힘을 줘서 밀어버리면 부서질 수 있다고. 어쩌면 너무 쉬울 것 같아서 좀 두려운 마음도 들어요. 점들 사이의 무수한 틈을 보게 되면 언제든 손쉽게 넘어갈 수 있다는 걸 알게 될 테니까요. 그러니 이것은 단지 '한 시절'이 아니라 항상 흔들리면서 살아가는 사람에 관한 이야기일 텐데, 다만 그 후로는 그런 마음을 잘 숨기면서 살아갈 사람에 대한 이야기이기도 한 것 같아요. 아마 상대가 손을 잡아주었다면 희진은 다시 돌아가지 않았을 수도 있을 것 같지만, 그럴 수는 없었으니까요. 그것이 해피엔드인 것 같지도 않고요. 해피엔드이라는 게 존재하는 건지도 잘 모르겠어요. 무척 현실적인 사람이 되어가는 것일 텐데, 감정의 변화에 따라 누군가를 떠나고 만나고를 반복하는 이들을 무책임하다고 비난하고 싶은 마음도 없지만 역시 누구나 쉽게 선택할 수 있는 삶은 아닌 것 같아요.

이소　　　이 소설에서 어머니와 아버지는 비현실적일 정도로 희진의 선택에 개입하지 않습니다. 그런데 '비현실적'이라고 쓰고 보니 그렇다면 '현실적'인 것은 또 무엇인지 잘 모르겠습니다. 실은 어머니가 희진에게 하는 말들, "너도 너 좋은 걸로" "맘에 안 들면 바꾸라고" 같은 말들은 지극히 현실적이고 상식적인 말이라고 할 수도 있으니까요. 제가 희진의 부모라 해도, 아버지의 다정한 노선과 어머니의 쿨한 노선, 혹은 그 둘의 적절한 배합 외에 어떤 선택지가 있는지 모르겠습니다. 그럼에도 희진과 부모의 관계는 많은 소설에서와 달리 연민과 원망으로 끈적거리지 않는다는 점에서 흔치 않은 모습이기도 하고 좀 숨통을 틔우는 기분이기도 합니다. 부모와 자식이라는 이 어려운 관계의 재현에 대해 조금 더 부연해주실 수 있을까요.

위수정　　　말씀하신 대로 우리가 여기저기에서 보아온 부모의 모습과는 다른 스타일의 인물들이기는 하지만 또 역시, 말씀하신 대로, 지극히 현실적이고 상식적인 부모의 모습이라고 여겨지는 선에서 인물들을 그리고 싶었어요. 그러기 위해서는 주위 부모들의 모습을 관찰하는 일이 필요했어요. 소설 안에서 '아버지, 어머니로 부르는 것이 편한 나이가 되었다'라고 소략하게 설명하기도 했지만, 자녀가 독립을 하게 되면 대체로 서로 전보다는 쿨해지거나 또는 조심스러워지는 경우가 이제는 꽤 많은 것 같아요. 마음은 그렇지 않겠지만요. 요즘 부모들은 또 각자의 인간관계와 삶이 있기도 하고. 하지만 그렇게 대해준다고 해서 자녀들은 그게 부모님 마음의 전부일 거라고 믿지도 않죠. 역시나 희진의 부모가 쿨하고 다정한 선에서 그려지기는 하지만 그렇다고 해서 희진이 부모에게 스트레스를 받지 않는다고 생각하지 않았어요. 다만 적정선을 지키는 것일 뿐이지 부모 자식의 관계란 끈질긴 어떤 감정들이 복잡 미묘하게 얽혀 있어서 끊어낼 수 없을 테니까요. 그저 서로 그런 척하는 것일 뿐. 그리고 그런 척하는 것일 뿐이라는 사실을 서로 잘 알고 있다는 점에서 결코 쿨해질 수 없는 관계라고 할 수 있을 것 같습니다.

이소　　　　부모뿐 아니라 희진이 사랑하는 '그'와 수형 역시 희진에게 강요나 압력을 행사하지 않습니다. 희진의 고통은 외부의 조건에 의해 발생한 것이 아니라 '자기 자신'이라는 가장 크고 막대한 조건에 의해 선택된 것에 가깝습니다. 희진이 사랑하는 남자 역시 희진의 미지근한 삶을 깨뜨리기 위한 일종의 방아쇠 역할을 하는 것처럼 보이기도 합니다. 그렇다면 희진은 그를 사랑해서 원하는 것일까요, 무언가를 원하고 싶어 그를 사랑하는 것일까요. 달리다 보면 살아 있다는 실감을 느끼게 되지만 애초 그 달리기는 실감을 느끼고 싶어 시작된 것이니까요. 우리가 우리의 사랑에 대해 확신을 갖지 못하는 것은 아마도 이와 같은 모호함에서 연유하는 것이겠지요. 그런 의미에서 이 소설은 사랑에 대한 소설 같기도 하고, 사랑의 불가능에 대한 소설 같기도 합니다. 일반화할 정답이 있지는 않겠지만, 위수정 작가님에게

97
인터뷰

사랑의 불가피함과 사랑의 불가능성은 어떤 것일까요.

위수정　　저는 누군가를 사랑해서 원하는 것과, 무언가를 원하고 싶어서, 그러니까 현실의 어떤 결여를 채우기 위해 누군가를 사랑하는 것의 차이를 잘 모르겠어요. 누군가를 사랑할 때, 내가 지금 외로워서 누군가를 원하는 걸 거야, 하며 스스로 고개를 젓거나, 나는 상대를 깊이 사랑하게 되었는데 그건 사랑이 아니라고 그저 네가 지금 누군가 필요해서 그러는 거라는 말을 타인으로부터 들을 때도 있죠. 하지만 그런 고민을 하게 되었을 때에는 이미 누군가를 사랑하고 있는 상태잖아요. 인과관계를 따져보아야 이미 늦은, 사후적인 일이라는 생각을 해요. 그럼에도 이 사랑이 온전한 사랑인가 아니면 사랑이라고 착각하는 무엇인가에 대해 정리해보려는 습성 역시 인간의 특징인 거 같기도 해요. 특히 그러한 감정에 온전히 몸을 담그고 부딪힐 수 없는 상황에서는 더욱더. 어떤 감정의 실체를 깨닫기 위해서는 그 사랑이 끝나고 시간이 어느 정도 지나야 알게 되는 경우가 대부분인데, (시간이 흐른다고 해서 정확한 진단을 내릴 수 있는가에 대해서는 확언할 수 없지만) 나이를 먹고 경험이 쌓이면 그러한 감정을 겪으면서도 계속 의심하고 빠지지 않으려 애쓰기도 하는 것 같아요. 특히 상황이 여의치 않을 때 찾아오는 감정은 불편하니까요. 시간이 지나면 지나갈 것이라고, 그러면 지금의 결정이 현명했다고 칭찬하게 될 거라고 미리 자위하면서. 이제는 감정의 실체를 그렇게 구분하고 이성적으로 분석하려는 모습들이 모두 이해가 되지만, 혼란스럽고 모호함에도 불구하고 감정에 흔들리고 상처받는 인물들이 저와 다르지 않다고 생각해요. 한편으로는 한심하다고 여기면서도, 확신을 갖지 못하고 계속 실체를 따져보려고 하면서도, 불가피하게 어떤 감정에 빠지게 되는 것이 인간이기도 하고요. 그런 의미에서 이 작품은 사랑에 대한 소설이면서 이미 그 안에 사랑의 불가능성이 포함되어 있다고 생각해요. 사랑을 한다고 해서 그 사랑이 모두 긍정적으로 이루어지는 것은 아니니까요. 이루어지는 것은 또 뭘까요. 무엇을 이루려고 하는 순간 사랑은 불가능해지는 것 같기도 해요. 상대와 나의 문제이기도 하겠지만 말씀하신 대로 결국에는 '거대한 자아'와의 싸움이 시작되는 거라는 점에서요. 이건 좀 다른 얘기지만, 그래도 할 수 있다면, 표면적으로나마 가능한 사랑이 좋을 것 같아요. 가능한 사랑을 해서 편하게 마음껏 사랑을 나누며 살아가다 보면 희진과 수형처럼 될까요. 저는 그 부부의 감정 역시 사랑이라고 생각해요. 그 소중함을 희진이 모른다고 생각하지도 않고요. 내면을 뒤흔드는 감정이라는 것이 언제나 타이밍에 맞게 차근차근 오는 게 아니라는 점이 비극이라면 비극일까요.

이소　　　소설의 마지막 장면에서 희진은 "그런 사람은 없겠지. 아무도"라고 쓸쓸하게 말합니다. 그런데 저는 이 말 뒤편에 모종의 안도감이 있는 것처럼 느껴졌습니다. 아무도 이해해주지 못하는 그 지점이 바로 '자기 자신에 대한 실감'을 확보할 수 있는 영점임을 희진이 알고 있는 것 같았습니다. 아니, 더 나아가 희진은 아무도 자신을 이해해주지 않길 바라는 것처럼 보이기도 했습니다. 아버지가 자신에게 '동병상련'을 느낀다고 생각되자 강한 혐오감에 사로잡히는 것처럼요. 기쁨을 함께 나누는 것은 그 기쁨에 어떠한 손상도 입히지 않지만, 슬픔을 함께 나누는 것은 때때로 그 슬픔에 통속적인 훼손을 가하기도 합니다. 그러니 이해와 공감이 반드시 위안은 아니고, 우리는 종종 팔을 벌리고 다가오는 선의를 피해 도망치고 싶어집니다. 그래서 실은 희진이 정말로 원한 것은 자신을 이해해줄 누군가가 아니라 그저 '아무도' 없음을 어떠한 여지도 없이 확인하고 싶었던 것은 아닌지, 생각해봅니다. 그리고 위수정 작가님에게 '아무도'라는 말의 색깔은 '고독'인지 '안도'인지 궁금합니다.

위수정   제게 '아무도'라는 말은 안도보다는 고독에 가깝지만 체념하게 된다는 점에서는 안도 역시 포함될 수 있겠다는 생각도 듭니다. 더 이상 어떤 희망도 갖지 않게 되는 순간 마음은 잠잠해질 테니까요. 그렇게 생각하니 좀 슬프지만, 말씀하신 대로 희진이 자신을 이해해줄 누군가를 필요로 했을까를 생각해보면 '모두에게' 이해받기를 원하지는 않았을 거예요. 애초에 가능한 일도 아니고요. 아버지가 희진을 이해하는 제스처를 보이는 것을 참지 못하는 이유도, 어떤 관계는 제3자가 개입하는 순간 일반화되어버리고 통속적인 스토리가 되는 것을 잘 알기 때문일 거예요. 자신의 고유한 마음을 타인에게 이해시키기란 불가능하지 않을까요. 그 이해라는 것은 감정을 나누는 둘 사이에만 가능한 일 같아요. 하지만 그마저도 불가능할 수 있겠죠. 그런 점에서, 쉽게 일반화되는 관계들의 내부를 보여줄 수 있는 것이 소설이 할 수 있는 일이 아닐까 해요. 소설 안에서만 우리는 희진의 내면을 세세하게 들여다볼 수 있으니까요. 모두 '참는' 어른들 사이에 희진만이 따로 떨어져 있다가 결국에는 그 '아무도'에 심지어 희진 자신조차 포함되리라는 것을 예감할 때에 느끼는 그 쓸쓸함은 너무 깊어요. 단지 이 이야기를 보여주는 '소설'만이 그 '아무도'에서 제외되는 것이 아닐까요. 뜨거웠던 희진의 감정을 소설은 영원히 담아둘 수 있을 테니까요. 말씀하신 안도라는 감정은 깊은 고독 안에서만 가능한 것 같아요. 그렇게 생각하니 더 슬퍼지지만.

이소   희진은 어린 시절 지렁이에게 소금을 뿌려 지렁이가 몸부림치며 죽어가는 모습을 지켜보곤 했습니다. 지렁이의 죽음을 바란 것은 아니었고, 다만 느릿하고 물컹한 지렁이가 살아 꿈틀대는 모습을 보고 싶었겠지요. "죽음에 노출되어 하루하루 연명해가는" 노숙인의 삶을 선망하는 것도 죽음을 바라는 것이 아니라 온전한 삶을 상상해보는 것일 테고요. 이렇게 행복과 무감함이 구별되지 않고 고통과 희열이 겹쳐지곤 하는 것이 우리 삶의 복잡한 역설일 것입니다. 그리고 이 역설을 정확히 포착한 작품을 읽을 때면, 소설이 독자에게 되돌려줄 수 있는 '실감'이라는 것이 이런 것이구나 싶어집니다. 저 역시, 어렴풋하게 감지했던 욕망, 그러나 말이나 글로 표현할 수 없었던, 그래서 스스로가 잔인하게도 느껴졌던 그런 욕망을 이 소설을 통해 읽으면서 묘한 위안을 얻었습니다. 소설의 '정확함'이 실은 환상인지 동상인지 구별조차 어려운 우리 삶의 '모호함'에서 온다는 것이 흥미로운 것 같습니다. 혹시 위수정 작가님에게 읽고 쓰는 일이 그러하다고 말할 수 있을까요. 위수정 작가님에게 소설을 쓴다는 것은 '지렁이'로부터 은밀하게 출발하여 '드라이아이스'의 강렬함을 거쳐 결국 모호한 자국으로 남겨진 흉터 같은 것은 아닌지 여쭤봅니다.

위수정　　소설을 쓰는 일이 제게 잘 맞는다고 느낄 때에는, 아마도 제 자신이 모호한 인간이라는 자각을 했을 때부터였던 것 같아요. 쉽게 말해서, 뭘 잘 모르는 인간이랄까. 그래서 결정을 내리는 일도 쉽지 않고, 이미 어떤 결정을 내리고 난 후에도 속으로 계속 생각할 때도 많고. 이런 성격이 글을 쓸 때에는 도움이 된다고 믿고 싶어요. 아무래도 뭘 잘 모르니까, 세계에 대해, 인간에 대해 좀더 오래 관찰하게 되거든요. 그리고 계속해서 의심하고. 그게 제게는 소설가의 자리 같아요.

　　　　　제가 노숙인의 삶을 선망한다면, 사람들 사이에서 겪게 되는 여러 가지 감정들을 온전히 포기할 수 있을 것 같아서라고 생각했어요. 관계들에서 오는 욕망이나 욕심, 질투, 원망, 실망 같은 감정. 부정적인 감정들이라서가 아니라 그런 감정들과 꼭 붙어 있는 사랑, 기쁨, 성취감, 행복, 희망 같은 것들 역시 제게는 버거울 때가 많아서요. 하지만 누구보다 안온한 세속적인 삶을 원하기도 해요. 가족은 물론이고 얄팍한 사회적 관계에서조차 벗어나지 못하고 있는 게 현실이니까요. 그래서 종종 상상해요. 일상의 눈에 포착되지 않는 열외의 삶을. 나를 나로 규정하는 모든 관계들을 벗어난 상태의 삶에 대해. 소설이란 말씀하신 대로 삶의 아이러니를 살피는 것일 텐데, 그러한 아이러니는 '틈'에서 비롯되는 것이니까요. 이런 기분이 뭘까? 내가 왜 이러지? 하는 일탈의 감정을 좀더 집요하게 들여다볼 수 있는 것이 소설이 할 수 있는 일이라서요. 소설이란 언제나 당대의 윤리나 규범, 도덕을 벗어난 자리에서, 오히려 그것들을 의심해볼 수 있다는 점에서, 그러므로 인간과 세계에 대해 좀더 깊은 질문을 던질 수 있다는 점에서 매력적이에요. 인간은 동물인 동시에 동물적인 욕구들을 통제하며 살아가야 한다는 점에서 결국 역설적인 존재일 수밖에 없어요. 그런 역설의 자리에 소설이 존재하는 것이겠지요. 저는 누군가를 위로해주겠다는 마음으로 글을 시작한 적은 없어요. 다만, 제가 할 수 있는 한에서 어떤 상황이나 인물을 자세히 들여다보고 싶다는 생각을 해요. 그런데 제 글을 읽고 위로를 받으셨다는 말씀을 들으니 몸 둘 바를 모르겠습니다. 선생님의 질문들 안에 녹아 있는 세심한 독법에 제가 더 큰 위안을 얻었습니다. 감사합니다.

그 고양이의
이름은 길다

이주혜

2016년 창비신인소설상을 통해 작품 활동을 시작했다.
장편소설 『자두』가 있다.

떠올랐다.

슷.

붓.

저 아래 내 몸이 보였다. 산소마스크를 쓰고 수술대에 누운 53세 여성의 몸은 아침마다 욕실에서 비춰본 모습과는 달랐다. 나는 지금 영(靈)인가. 혼(魂)인가. 저 아래 내 몸이 따뜻한 걸 보면 나는 죽지 않았다. 이런저런 위험 요소를 인지했다는 수술 동의서에 서명했던 일이나 마취제가 들어가기 전 의사가 숫자를 세어보라고 했던 것, 조금 어색한 느낌으로 하나, 둘, 셋까지 중얼거렸던 것도 다 기억한다. 그러곤 검은 망각 속으로 까무룩 가라앉았는데, 어느새 슷 혹은 붓, 하고 수술실 천장에 떠올라 내 몸을 내려다보고 있다. 영혼의 무게는 21그램이라는데. 영화 포스터에서 벌새 한 마리의 무게, 초콜릿 바 하나의 무게라는 카피를 본 적이 있다. 처음 보았을 때 코웃음을 쳤더랬다. 사람마다 몸의 모양도 색깔도 무게도 길이도 부피도 다 제각각인데, 21그램이라는 단일 수치로 영혼의 무게를 설명하려 들다니. 그런데 지금 부유하는 내 영은 21그램일까. 터무니없는 호기심으로 혹시 수술실 안에 전자저울 같은 게 있나 둘러보기까지 했다.

호기심의 방향을 돌려 내 몸을 다시 살펴본다. 어디서도 경험할 수 없었던 각도고 전망이다. 거울을 보는 것과

그 고양이의 이름은 길다

는 달랐고, 내 몸을 찍은 동영상이나 CCTV 화면을 본 적도 없다. 저 몸의 역사는 오직 저 몸만이 감각해왔는데, 영이 된 나는 새로운 거리를 두고 저 몸을 관찰한다. 열일곱 살에 169.9센티미터로 아슬아슬하게 성장을 마쳐 엄마를 안도하게 했다. (여자애가 키가 170이 넘어서 어디에 쓴다니?) 그러나 그전에 이미 몸무게가 70킬로그램을 가뿐히 넘겨 엄마를 한숨짓게 했다. (여자애 몸무게가 70킬로그램을 넘겨서 어디에 쓴다니?) 엄마는 늘 내 몸의 쓸모를 걱정했는데, 다행히 나는 스무 살부터 저 몸을 잘 써서 식구들을 먹여 살렸다. '처녀 가장'은 이십대의 내게 철썩 들러붙은, 내가 죽도록 싫어했던 별명이었다. 저 몸은 이십대와 삼십대를 순식간에 통과하더니 사십대에 들어서자마자 갑작스럽게 제 존재의 이모저모를 분주하게 알려왔다. 마흔 살에 흰머리가 생기면서 정기적인 뿌리 염색의 부담을 안겨주더니 마흔다섯 살에 노안이 찾아와 가방에 책상에 침대 머리맡에 돋보기를 하나씩 두고 살지 않으면 눈도 마음도 우중충해지는 삶이 시작되었다. 마흔아홉 살에는 경추디스크탈출증과 고지혈증과 지방간, 비타민D결핍증이 번호표도 뽑지 않고 무질서하게 들이닥쳤다. 온갖 증상이 약속어음처럼 당도했고 내 몸 어딘가에 이런 것들이 고여 있구나, 새삼스레 일깨웠다. 3개월에 한 번씩 혈액검사를 통해 한 주먹쯤 되는 약의 복용량을 조절했고, 어딜 가도 약부터 챙기며 약과 식구처럼 지내는 생활에 익숙해졌다. 이만하면 노화의 활주로에 연착륙하지 않았나, 섣불리 안도할 즈음 자궁 근종이 발견되었다. 자궁은 한 달에 한 번씩 생리통이랄지 생리전증후군이랄지 배란통으로 꾸준히 제 존재를 알려왔던 장기였기에 나름 친한 줄 알았는데, 이 녀석이 가장 세게 뒤통수를 쳤다. 근종이 워낙 많기도 하고오…… 여기 보이죠? 12센티미터가 넘는 것도 있고오…… 위치도 써억…… 의사는 말꼬리를 길게 빼는 버릇이 있었다. 나는 의사의 말을 자르고 끼어들었다. 그냥 들어내죠. 순간 의사가 나를 빤히 보았는데, 그 눈빛에 질책이 엿보였다. 의사는 자궁 적출 후 부작용도 고려해야 한다며 적출할 경우와 적출하지 않는 경우 생길 수 있는 일들을 비교하며 길게 설명했다. 질질 끄는 말버릇은 듣기 괴로웠지만, 이 의사에게 수술을 맡겨도 괜찮겠다는 생각이 들었다.

마취 상태로 의료진에게 둘러싸인 내 몸은 낯설었다. 잠든 모습 같지도 않았고 기절한 모습 같지도 않았다. 물론 잠든 내 모습이나 기절한 내 모습을 본 적이 없으니 정확한 비교는 아니다. 저건 뭐랄까. 쓸모를 유예당한 빈 자루 같달까. 확실히 쓰레기통에 처박히지는 않았지만, 나중을 기약하며 챙김을 받은 것도 아닌, 어정쩡한 상태로 창고 한구석에 방치된 빈 자루. 그렇게 생각하니 내 몸에 너

그 고양이의 이름은 길다

무 가혹한 비유를 한 것 같아 마음이 좋지 않다. 설상가상
으로 의사가 드디어 내 아랫배에 메스를 대는 순간 나는
차마 그 모습을 똑바로 보지 못하고 시선을 돌리고 말았
다. 아무리 영이 되었대도 내 몸의 노골적인 안쪽까지 마
주할 자신은 없다.

　영이 되니 편하긴 했다. 늘 거인, 여장부, 처녀 장사 같
은 별명을 달고 다녔는데, 영인 나는 깃털처럼 가볍고 숨
결처럼 희박했다. 뜨자, 하면 떴고 움직이자, 하면 움직였
다. 벌새보다 기동력이 좋았고 초콜릿 바처럼 묵묵하지도
않았다. 가볍다는 건 이런 느낌이구나. 의사는 수술 시간
을 두 시간 반 정도로 잡고 개복 후 확인한 상태에 따라 수
술 시간이나 수술 범위가 늘어날 수도 있다고 했다. 적어
도 나에겐 두 시간 남짓한 여유가 있었다. 수술실 밖으로
빠져나오자마자 나는 저절로 회사로 움직였다. 스무 살부
터 30년 넘게 다닌 곳을 영도 몸만큼이나 잘 알았다.

　야적장 통나무 더미에 올라앉았다. 언제고 한번은 올
라오고 싶었다. 공장 건물에서 요란한 전동 톱 소리가 들
렸다. 예정대로라면 지금쯤 초대형 우드슬랩 작업을 하고
있을 것이다. 회사가 보유한 통나무 가운데 가장 크고 질
좋은 놈을 골라 만드는 우드슬랩은 유명 외국계 화장품 회
사가 올가을 오픈을 준비하고 있는 가로수길 매장의 메인
진열 테이블이 되어 그 회사가 한창 표방 중인 친환경 자

연주의 분위기를 과시할 예정이었다. 이번 가로수길 우드 슬랩 수주는 실익으로 보나 홍보 효과로 보나 회사로서도 꽤 중요한 계약이었다. 화장품 회사는 유명 잡지들에 가로 수길 매장 오픈 기사를 대대적으로 내보낼 계획이고, 페이 지 가득 실릴 매장 사진에서 우리 회사가 제작한 우드슬랩 테이블은 주인공 화장품보다 근사하게 돋보일 것이다. 현 사장은 몇 년째 인기가 사그라지지 않는 우드슬랩 사업으 로 재미를 좀 보더니 이번 계약 건으로 어깨에 힘이 잔뜩 들어갔다. 급기야 회사의 주력 부서였던 인테리어 사업부 에 비해 다소 소품 취급을 받아왔던 가구 사업부에 투자를 강화하겠다고 선언했다. 언뜻 기특하게 들렸지만 사실 현 사장의 속내는 투자 강화가 아니라 경비 절감이었다. 가 구 사업부를 만들고 이제껏 키워온 나를 밀어내고 그 자리 에 디자이너 출신인 자신의 부인을 앉히겠다는 뜻이었으 니까.

툿.

풋.

귀 기울이면 들렸다. 통나무가 마르면서 깊은 속살 어 딘가가 미세하게 비틀리는 소리. 습기가 빠져나가면서 빈 자리가 틀어지는 소리. 예측 불가한 그 소리를 사장은 나 무가 익어가는 소리라고 했다. 나무 익는 소리를 깔고 앉 아 30년 넘게 내 몸이 자리했던 곳을 살펴보았다. 그러나 낯선 위치에서 바라본 공간은 수술실 천장에서 바라본 내 몸처럼 새삼스러웠다. 지금 보니 공장 건물과 휴게 건물, 본관 건물은 묘하게 틀어져 삼각형을 이루지 못하는 세 선과 같았다. 목재의 아름다움을 알리고자 사장이 무리해서 지었던 목재 전시장 천장도 그새 낡고 녹슬어 전혀 아름답지 못했다. 위치만 달라졌을 뿐인데 많은 것이 달라 보였다. 저기 휴게 건물 뒤쪽, 뒷산으로 이어지는 좁은 산책로에서 소희 언니가 차가운 얼굴을 하고 말했었지. 그래서 너는 다리를 벌렸니? 저쪽 공장 건물 옆 흡연실에서 창립 기념일 공짜 술에 취한 천중만 씨가 내 손을 함부로 잡으며 지껄이기도 했다. 미쓰 구는 몸만 와. 내가 미쓰 구 허물 다 덮어줄게. 나는 미쓰 구만 있으면 돼. 소희 언니는 결혼과 함께 회사를 그만두었고 천중만 씨는 근무 태만으로 잘렸다. 둘 다 오래전 일이다. 공장 건물 바닥에 매일매일 쌓이는 톱밥과 대팻밥만큼 흔한 이야기다.

톳.

풋.

나무 익는 소리보다 쓸데없는 헛소리들이다.

∗

열여덟 살 봄, 이류 신문 데스크였던 아버지가 어디

로 끌려갔다가 가을에 돌아왔다. 아버지는 몸만 돌아왔다. 아버지는 혼이 빠져나간 빈 자루가 되어 온종일 방에 누워 지내거나 말도 없이 집을 나갔다가 한참 후에 낯선 도시 여관에서 밀린 여관비를 대신 지불해달라고 연락하길 반복했다. 원래 아버지는 꽤 부지런한 사람이었는데 천하에 게으른 백수건달이 되어버렸다. 엄마는 아버지가 마음을 다친 거라며, 마음을 다친 사람도 몸을 다친 사람만큼이나 알뜰히 보살피고 치유해야 한다며 외가 식구들에게 돈을 빌려 생활하는 처지에 온갖 보양식과 보약을 해다 먹이더니 1년이 넘도록 아버지가 조금도 달라지지 않자 아버지를 없는 사람 취급했다. 아버지는 어느새 마음을 다친 사람이 아니라 그저 쓸모없는 빈 자루가 되어 집 안 아무데나 부려졌다. 큰 부자는 아니어도 모자랄 것 없는 집안의 늦둥이 막내로 태어나 고생을 모르고 섬세하게 자란 엄마는 순식간에 체질까지 바뀌 식당에 나가 설거지를 했다. 밤에도 아버지가 틀어놓은 시끄러운 14인치 흑백텔레비전 앞에 밥상을 펴놓고 봉투에 풀칠해 푼돈을 벌었다. 엄마는 가격의 모든 기준이 봉투 하나 붙이고 받는 값이 되어 정말 소소한 돈도 가열하게 깎아야 직성이 풀리는 생활의 투쟁가가 되었다. 그러나 엄마가 벌 수 있는 돈은 정말이지 소소했다. 그 돈으로 우리 다섯 식구가 먹고살 수는 없었다. 나는 고3 2학기 말에 딱 10분을 고민하고 대학 진학을 포기했다. 내 성적으로는 대학 졸업 후 우리 집 형편을 극적으로 바꿀 만한 이름 있는 대학이나 전망 좋은 학과에 들어갈 수 없었다. 인문계 고등학교 졸업장을 가지고 당장 취직할 곳이 마땅치 않았지만, 산림청 공무원인 이모부가 서울과 경기도의 경계에 있는 작은 목재 회사에 임시직으로 '꽂아'주었다. 그때부터 내게 붙은 꼬리표는 '처녀 가장'이었고 가끔 눈치 없는 사람들은 남들보다 조금 우람한 내 체격을 보고 '처녀 장사'라고 바꿔 부르기도 했다.

소희 언니는 총무부 베테랑 직원이었다. 여상 출신으로 경리 실무를 도맡았다. 내가 어리바리한 얼굴로 처음 사무실에 들어섰을 때 화사하게 웃으며 먼저 다가와준 사람이 소희 언니였다. 언니는 내게 짬짬이 타자와 부기를 가르쳐주기도 했다. 언니에겐 늘 좋은 냄새가 났다. 지금 생각하면 향수 냄새나 조금 비싼 샴푸 냄새가 아니었을까 싶은데, 여고를 졸업하자마자 회사에 던져지다시피 해 소위 '여성스러움'에 대해 배울 기회가 전혀 없었던 나는 그저 소희 언니에게서 풍기는 모든 냄새와 분위기를 '여성스러움'의 정수라고 믿어버렸다. 점심시간에 내 앞에서 한 걸음 반 정도 떨어져서 식당으로 향하는 소희 언니의 뒷모습을 바라보는 일은 퍽퍽한 회사 생활에서 내가 가장 좋아하는 일이 되었다. 언젠가 언니가 발목 뒷부분이 드러나는 슬링백 구두를 신고 온 날은 언니의 발목 양쪽이 옴폭

들어간 걸 보고 속으로 깜짝 놀라기도 했다. 사람의 발목이 허리처럼 잘록하게 쏙 들어갈 수도 있다니. 새로운 발견이었다. 언니는 늘 종아리 가운데까지 오는 치마를 입었고 잘 다린 블라우스를 입었다. 언니가 타자기 앞에서 일에 골몰할 때는 수굿한 각도로 내려앉은 어깨선을 한참 바라보기도 했다. 아마 그 시절 나는 언니를 동경했던 것 같다. 언니의 우아한 겉모습과 다정한 마음 씀씀이와 그것들이 한데 어우러져 풍기는 어떤 분위기를 나는 아름다움이라고 정의했다. 언니는 정말 아름다웠다. 그렇게 아름다운 사람을 회사 아저씨들은 미쓰 양아, 커피 좀 마시자, 미쓰 양아, 과일 좀 깎아와라, 부려먹었다. 내가 실수라도 하면 사람들은 언니를 혼냈다. 미쓰 양아, 천둥벌거숭이 같은 미쓰 구 관리 좀 잘하자, 응?

　나는 점심을 다 먹고 언니와 함께 휴게 건물 뒤쪽에서 뒷산으로 이어지는 산책로를 따라 천천히 걷다가 내려오는 그 짧은 시간을 사랑했다. 언니는 수북하게 자란 풀 사이를 헤치며 나직한 말투로 이야기를 들려주었다. 공장장의 먼 친척이라는 언니는 착실하게 월급을 모아서 적당한 사람을 만나 결혼하고 단란한 가정을 꾸리는 게 인생의 목표라고 했다. 회사 바로 옆에 온갖 귀한 목재로 탄탄하게 지은 목조 이층집이 있었는데, 거기에 전 사장이 살았다. 사장은 일찍 상처하고 당시 고등학교에 다니던 아들 하나와 집안일을 해주는 먼 친척 할머니와 셋이 살았다. 산책로에 올라 저 멀리 사장의 집을 내려다보며 언니는 꿈꾸듯 말했다. 저렇게 짱짱한 이층집에서 딸 둘 아들 둘을 낳아 마당에 풀어놓고 행복한 아이들로 키우고 싶어. 하지만 요즘은 둘 이상 낳으면 야만인이니까 딸 하나 아들 하나 이렇게 딱 둘만 낳아서 곱게 키울 거야. 언니라면 잘할 수 있을 것 같았다. 저렇게 잔털 하나 보이지 않게 눈썹과 코밑털과 다리털을 관리할 수 있는 언니라면, 버스로 한 시간 반을 통근하면서 흐트러지지 않게 눈썹 선을 그리고 기분 좋은 냄새까지 풍기는 언니라면 세상에서 가장 행복한 아이들의 어머니가 될 수 있을 것이다. 나는 언니의 시선을 따라 사장 집 마당을 내려다보며 그 자리에 미래의 아이들을 포개보았다. 언니를 닮아 맑고 순할 딸 하나 아들 하나를.

그해 가을 갑자기 날씨가 추워져 서둘러 겨울옷을 꺼내느라 정신이 없었던 날이었다. 소희 언니는 재단이 잘되어 언니의 어깨선에 착 들어맞는 핸드메이드 모직 코트를 입고 출근했다. 언니의 하얀 얼굴에 홍시 빛깔 코트가 아주 잘 어울렸다. 나는 오리털도 아니고 솜을 넣어 잔뜩 부풀리기만 했을 뿐 보온성은 훅 떨어지는 나일론 솜 패딩을 입고 왔는데, 언니의 날씬한 몸에 착 들러붙은 코트를 보다가 내 패딩을 보면 바람을 지나치게 불어넣은 풍선 인형이 되어버린 기분이 들었다. 그날의 옷차림이 또렷하게 기억나는 건 소희 언니가 뜻밖의 부탁을 했기 때문이다. 언니는 퇴근 후 어딜 좀 같이 가달라고 부탁했다. 소희 언니는 늘 부탁을 들어주는 사람이지 내게 뭔가를 부탁하는 사람이 아니었기에 나는 좀 흥분했던 것 같다.

우리는 경기도 깊숙이 들어가는 버스를 타고 야트막하게 엎드린 회색 건물들이 띄엄띄엄 나타나는 시골길을 달렸고 버스에서 내렸을 때는 이미 해가 지고 난 다음이었다. 어쩌다가 하나씩 나타나는 침침한 가로등에 의지해 몇백 미터 정도 걸었을 때 시멘트 담장 너머로 붉은 깃발을 단 가느다란 대나무 가지가 삐죽이 솟은 집이 나타났다. 양철 간판에 '처녀 보살 신점'이라고 붉은색 페인트로 씌어져 있었다. 내림굿을 받은 지 얼마 안 되는 용한 무당이래. 내내 조용했던 소희 언니가 간판을 확인하자마자 내쪽으로 고개를 돌리고 속삭였다. 무당의 집은 어둠 속에 괴괴하게 엎드려 있었다. 허술한 알루미늄 새시 문을 열고 안으로 들어가니 천장이 낮은 어둑한 거실에서 중년 여자가 우리를 맞았다. 용하다는 처녀 보살은 가장 안쪽 방에 차린 굿당 안에 오도카니 앉아 있었다. 무당은 아무리 봐도 내 또래로밖에 보이지 않았다. 화장을 진하게 했지만 앳된 이목구비까지 감추지는 못했다. 텔레비전에서 본 화려한 무당 옷을 상상했지만, 무당은 그저 편안한 트레이닝

그 고양이의 이름은 길다

복 차림이었다. 다만 머리만은 사극 속 처녀처럼 하나로 땋아 붉은 댕기를 달고 있었다. 무당이 허리를 꼿꼿이 세우고 자세를 고쳐 앉더니 소희 언니를 보고 말했다. 이쁜 언니가 뭐가 답답해서 여기까지 왔어? 소희 언니가 잔뜩 겁먹은 얼굴로 핸드백에서 종이 한 장을 꺼내 무당 앞에 내밀었다. 회사 로고가 인쇄된 종이에 한자로 두 개의 이름과 생년월일, 생시가 씌어져 있었다. 둘 중 누구랑 결혼하면 좋을까요? 아휴, 이 언니, 얌전한 줄 알았더니 여우네, 여우. 무당이 눈웃음을 지으며 소희 언니를 보았다가 이내 정색하고 요령을 흔들기 시작했다. 눈을 살짝 내리깔고 중얼중얼하기도 했다. 무당의 눈꺼풀에 검은색으로 그린 아이라인이 살짝 비뚤어져 있었다. 요령 소리가 뚝 그쳤다. 무당이 눈을 부릅뜨고 손가락으로 종이 위 이름을 하나씩 찍으며 말했다. 이놈하고 살면 몸이 편하고 이놈하고 살면 마음이 편해. 소희 언니가 말했다. 좀더 자세히 설명해주시면 안 될까요? 무당이 답답하다는 듯 말했다. 이놈하고 살면 맘고생, 이놈하고 살면 몸 고생이라고. 어느 쪽을 택해도 한쪽이 편하면 한쪽은 고생이야. 나는 무당이 하나 마나 한 소리를 하고 있다고 생각했다. 소희 언니는 뭔가 더 물어보고 싶지만 무당의 기세에 눌려 말을 삼키는 기색이었다. 잠시 침묵이 고였다. 저, 사기꾼. 나는 소희 언니의 얼굴을 단박에 어둡게 만든 저 무당이 미웠다. 그때 무당이 내게 말했다. 거기 뒤에 앉은 언니. 언니도 뭐 하나 물어봐. 내가 특별히 서비스해줄게. 소희 언니가 화들짝 놀라더니 애써 말했다. 그래, 너도 보살님께 뭐든 물어봐. 오늘 여기까지 와준 보답으로 언니가 복채 내줄게. 무당과 소희 언니가 동시에 내 쪽을 보았다. 난처했다. 언니는 뭐 답답한 거 없어? 무당이 채근이라기보다는 살짝 재미있다는 말투로 물었다. 뭘 물어야 할까. 소희 언니처럼 언제 결혼할지 혹은 누구랑 결혼할지, 그것도 아니면 언제 애인이 생길지 그런 게 궁금해야 할까? 그때 내 입에서 생각지도 않은 말이 튀어나왔다. 제 아버지는 언제쯤 돈을 벌기 시작할까요? 내가 말해놓고 내가 놀랐다. 아버지에 관해서라면 나 역시 엄마처럼 완전히 포기한 줄 알았는데. 무당이 눈도 깜박이지 않고 나를 빤히 보며 혀를 찼다. 언니도 참 딱하네. 나만큼 딱해. 고작 스무 살짜리가 참 무겁네. 이고 졌네, 이고 졌어. 나는 그 말을 아버지가 다시는 재기하지 못할 것이라는 최종 선언으로 이해했다.

그날 무당집을 나와 버스 정류장까지 걸어가는 길에도, 버스를 타고 다시 서울로 나가는 동안에도 나와 소희 언니는 한마디도 나누지 않고 각자 무겁게 이고 진 것들을 생각했다.

그 고양이의 이름은 길다

*

　지금쯤 내 몸은 조금 가벼워졌을까? 영혼의 무게 21그램 더하기 들어낸 자궁의 무게만큼? 자궁의 무게는 얼마나 될까? 자궁을 들어낸 시간 동안 나뭇결 사이에 생긴 빈틈의 무게는 또 얼마나 될까?

*

　스물한 살, 정식 사원이 되었다. 소희 언니에게 배워 타자도 제법 할 수 있게 되었고 업무 실수도 줄었다. 큰 남동생이 고2가 되었고 작은 남동생이 중학교에 들어가 돈 들어갈 곳이 늘어났는데 월급이 조금이나마 올라 다행이었다.

　스물두 살, 큰 남동생이 고3이 되었고 내 월급은 그대로였다. 산책로로 이어진 뒷산에 연두색 새잎이 돋아나기 시작할 무렵 사장이 나를 사장실로 호출했다. 입사한 지 3년째에 처음 있는 일이라 좀 놀랐는데, 나보다 소희 언니가 더 당황한 눈치였다. 괜찮아. 별일 아닐 거야. 어서 다녀와. 소희 언니가 철없는 아이를 물가에 보내는 눈빛을 하고 말했다.

　사장실 책상 위에 2년 전 내 글씨로 쓴 이력서가 놓여 있었다. 사장이 이력서를 내려다보았다가 나를 올려다보았다가 하며 물었다. 회사 생활은 할 만한가? 예. 바로 밑에 남동생이 올해 몇 학년인가? 고3이 되었습니다. 공부는 잘하나? 전교 3등이랍니다. 원하는 대학은 있고? 서울대는 아슬아슬하고 연고대 중위 학과는 노려볼 만하다고 합니다. 아버지는 좀 어떠시고? 사장이 우리 집 사정을 어디까지 알고 있을까? 이모부가 나를 여기 '꽂아'주었을 때 어디부터 어디까지 말했을까? 알 수 없는 만큼 두루뭉술하게 대답해야 했다. 여전하십니다. 그래, 자네가 고생이 많겠군. 나는 아무 대답도 하지 않았다. 여기 보니까 특기가 일본어라고 되어 있네? 일본어는 잘하나?

그럴 리가. 그저 특기란과 취미란을 채워야 했고 취미란에는 독서라고 적었지만 특기란에는 도무지 적을 게 없어서 고등학교 다닐 때 제2외국어로 배웠고 유일하게 '수'를 받은 과목이라 적었을 뿐이다. 사장이 내 대답을 듣지도 않고 말했다. 우리 회사가 올해 일본의 목재 회사하고 기술이전 계약을 체결할 예정이야. 내가 앞으로 일본 출장을 정기적으로 다녀야 하는데 우리 회사에 일본어를 할 줄 아는 사람이 자네뿐이야. 자네가 날 좀 도와줘야겠어.

망했다. 나는 그날 저녁 당장 종로의 대형서점에 가서 일본어 회화 카세트테이프 세트를 사서 짬이 날 때마다 이어폰을 끼고 열심히 일본어 문장을 중얼거렸다.

몇 달 후 사장이 일본 출장 계획을 발표하면서 수행 직원으로 나를 지목하자 회사 사람들 모두 놀랐다. 한동안 떨떠름한 표정, 어이없는 표정, 약이 오른 표정 등이 나를 향했다. 내가 들어가면 휴게실에 앉았던 사람들이 갑자기 입을 다물었다. 소희 언니는 점심을 먹으러 가는 길에 더 이상 내 팔짱을 끼지 않았다.

일본 출장은 4박 5일 일정이었다. 엄마는 큰이모의 큰 딸에게 여행용 트렁크와 트렌치코트를 빌려 왔다. 사촌 언니의 코트는 내 몸에 작아 어깨가 꼭 끼었다. 출발 전날 짐을 싸고 있는데 엄마가 거들어주는 척하면서 넌지시 물었다. 사장님하고 너하고 호텔 방 따로 잡은 거 맞지? 제대로 확인했지? 엄마, 우리 사장님, 아버지보다 나이가 많아. 엄마가 화들짝 놀라며 말했다. 남자가 자기 나이 따지는 거 봤어? 무슨 일 있으면 국제전화로라도 꼭 연락해. 알았지?

엄마의 걱정이 무색하리만큼 사장은 비행기 옆자리에 앉은 내게 말도 걸지 않았다. 사장은 평소 별명이 일벌레일 정도로 회사 바로 옆에 지어놓은 목조 이층집과 회사만 오갔다. 술도 못해서 회식 때면 밥만 먹고 가장 먼저 자리를 떴다. 소희 언니 말로는 일본 유학생 출신이라는데 내 눈에는 그저 일밖에 모르는 못생긴 중년 아저씨였다. 그나마 사장이 일벌레였기에 '사양산업'이라는 목재 회사가 작게나마 버티고 있고 덕분에 나 같은 애도 먹고사는 거라고 생각했다. 소희 언니는 그런 사장이 꿈에 그리던 이상적인 남편상이라고 했다. 다정한 아버지, 다정한 남편. 사모님이 참 복이 없었던 거지. 우리 사장님 같은 사람하고 살았다면 생전에 몸 고생도 맘고생도 안 해봤을 텐데. 당신 명이 짧아서 그 운을 다 못 누리고 가신 거야. 그런데 우리 사장님은 아직도 사모님을 못 잊어서 재혼 이야기는 입 밖에도 못 꺼내게 한대. 그러니 사모님은 죽어서도 운이 좋은 여자라고 해야 하나?

나리타 공항에 내렸을 때 '마루와 임업'의 직원이 마중을 나왔다. 우리는 로고가 박힌 밴을 타고 도쿄 외곽에 있는 목재 회사로 갔다. 놀랍게도 사장은 유창한 일본어로 현지 직원과 대화를 나누었다. 하긴 일본 유학생 출신이라지 않던가. 그렇다면 애초에 나를 왜 데려왔을까? 불안한 마음을 다독이며 그들의 대화를 들어보려고 했지만, 일본어 회화 테이프가 늘어지도록 듣고 또 들었던 문장은 단한마디도 들리지 않았다.

일본은 목재 사업 강국이라더니 일본 회사는 우리 회사보다 훨씬 규모가 크고 어딘가 선진의 냄새를 풍겼다. 마중 나온 직원을 따라 온통 하얀 사무실로 안내를 받았는데, 거기서 기술부장이라는 사토 상을 만났다. 사토 상이 바로 우리가 상대해야 할, 아니 모셔야 할 '갑'이라는 사실은 초보인 내 눈에도 확실해 보였다. 갑을 관계를 드러내듯 사장은 사토 상 앞에서 계속 쩔쩔매거나 굽신댔고 그럴 때마다 사토 상은 여유롭게 웃었다. 체구가 작고 마른 사토 상 앞에서 두꺼비 같은 사장이 계속 굽신거리는 꼴은 어딘가 짠하기도 하고 볼썽사납기도 했다. 이것이 어른의 세계인가. 나는 별 도움이 되지도 못하고 사장 옆에서 반 박자 늦게 굽신거렸다.

첫날은 사토 상과 젊은 직원 하나가 나와 사장을 데리고 다니며 회사 곳곳을 보여주었다. 우리 회사에서는 본 적 없는 큼직한 기계와 작업장을 보고 사장이 놀란 입을 다물지 못하고 계속 '스고이!'를 연발했는데, 그 모습이 정말 입 벌린 두꺼비 같아서 나는 속으로 조금 창피했다. 마지막 코스는 회사 가장 안쪽에 있는 너른 야적장이었다. 그곳에 통나무가 종류별로 산더미처럼 쌓여 있었다. 카메라를 메고 다니며 계속 사진을 찍던 사장이 갑자기 내게 카메라를 내밀더니 통나무 더미 앞에 섰다. 사장 뒤쪽으로 큼직한 통나무의 둥근 단면이 벽지 무늬처럼 동글동글 펼쳐졌다. 붉은 기운이 도는 나무 색깔을 배경으로 사장의 감색 양복이 푸르게 도드라졌다. 하나, 둘, 셋. 나는 사장의 전신이 다 나오게 사진을 찍었다. 카메라를 다시 돌려주려는데 사토 상이 사장 옆에 섰다. 나는 다시 뷰파인더에 눈을 가져다 댔다. 무뚝뚝한 사장과 여유로운 사토 상이 한 프레임에 보였다. 나는 두 사람의 전신이 다 나오게 한 장

이주혜

찍고, 조금 더 앞으로 걸어가 두 사람의 상반신이 꽉 차도록 한 장 더 찍었다. 시마이! 얼토당토않은 내 일본어에 사토 상이 항복하듯 웃어버렸고 사장도 긴장을 풀었다. 순간 나는 몰래 셔터를 몇 번 더 눌렀다.

둘째 날은 본격적인 협상이었다. 사장은 일본어 회화 테이프 속 문장 말고는 한마디도 제대로 못 하는 나를 옆에 앉혀놓고 유창한 일본어로 협상했다. 분위기는 나쁘지 않았지만, 굉장히 진지했다. 전날 걸핏하면 여유롭게 방긋방긋 웃어서 살짝 기분이 나쁠 지경이었던 사토 상도 웃지 않았다. 나는 분위기에 눌려 졸지 않으려고 몰래 허벅지를 꼬집으며 버텼다. 협상은 무사히 끝났고 그날 저녁 다 같이 회식을 했다. 일본 음식을 먹었고 가라오케라는 곳에 가서 노래도 불렀다. 일본 가라오케 기계에서 한국 노래가 나와서 놀랐다. 술을 한 잔도 못 하는 사장은 미안하다며 대신 노래를 두 곡이나 불렀다. 사장은 서울 사람이면서 일본 사람들 앞에서 자꾸 부산항으로 돌아오라고 절규하는 노래를 불렀다. 사람들과 헤어지고 호텔로 돌아가는 길에 사장이 호텔까지 걸어가도 되겠냐고 물었다. 도쿄의 밤은 콜라 거품처럼 톡톡 튀는 청량감이 있었다. 사장은 호텔까지 걸어가는 길 내내 아무 말도 하지 않았다. 술도 안 마셨으면서 취한 사람처럼 몇 번 걸음을 허청거렸다. 호텔 로비에 도착한 사장이 갑자기 옆에 딸린 작은 커피숍으로 들어갔다. 사장이 따뜻한 커피 두 잔을 시켰다. 커피가 나오자마자 사장은 미리 준비한 듯 급하게 할 말을 전했다. 내일부터 이틀은 자유 시간이다. 마지막 날 아침 공항에서 보자. 일본어를 할 수 있으니 공항까지 혼자 올 수 있지? 여권 잘 챙기고. 내일 아침부터 모레 아침까지 너도 나도 자유야. 하고 싶은 일이 있으면 해. 가고 싶은 데가 있으면 다녀오고. 이걸 써. 사장이 제법 두툼한 봉투를 내밀었다. 빳빳한 일본 지폐가 들어 있었다. 특별 보너스로 생각해. 단, 이번 출장 일정은 우리만 아는 비밀로 하자. 사장은 자기 앞의 커피에 손도 대지 않고 먼저 일어나 엘리베이터로 갔다. 나는 어쩐지 퇴짜를 맞은 기분이 들어 (대체 왜?) 혼자 남아 커피를 마저 마셨다. 다 마시고 나서 사장의 커피까지 마셨다. 그러고도 왠지 마음이 가라앉지 않아서 자판기에서 담배를 한 갑 샀다. 호텔 후문 쪽에 흡연실이 있는 걸 봤다. 생애 처음 담배를 피웠다. 좁은 흡연실에는 나 말고 '오피스 레이디'의 전형으로 보이는 젊은 여자가 굉장히 세련된 포즈로 담배를 피우고 있었다. 소희 언니가 보고 싶었다.

이 기이한 출장은 그 후로도 20년 넘게 이어졌다. 사장은 매년 나를 데리고 도쿄에 갔고 일정의 마지막 24시간은 내게 돈 봉투를 건네고 홀연히 사라졌다가 다음 날 아침 공항에서 만나 함께 귀국했다. 출장 일수나 내게 건

네는 돈 봉투의 두께는 조금씩 달라졌지만, 출장지와 사장의 미스터리한 하루는 늘 같았다. 그 20년 동안 나는 고참 사원을 넘어 어느새 회사의 터줏대감으로 불리며 나이가 들었고 옆집 아저씨 같던 사장은 옆집 할아버지 같아졌다.

첫 출장을 다녀와서 부서 사람들에게 나리타 공항에서 사 온 과자를 돌렸을 때 사람들의 눈빛은 한층 더 떨떠름해져 있었다. 사람들도 내 일본어 실력이 형편없다는 걸 눈치챈 것 같았다. 고작 그런 실력으로 왜 너 따위가 사장과 단둘이 출장에 다녀왔느냐고 묻는 표정들이었는데, 그건 내가 더 궁금했기 때문에 그들의 의문이나 오해를 풀어줄 수가 없었다. 나와 사장의 관계를 둘러싼 숙덕거림은 그해 말 남동생이 유명 사립대에 입학하면서 등록금이 모자라 쩔쩔매는 나에게 사장이 직원 자녀 학자금 대출 명목으로 동생의 등록금을 선뜻 내줬을 때 최고조에 달했다. 소희 언니는 나랑 같이 밥을 먹으러 가지도 않았다. 혼자 쓸쓸하게 밥을 먹고 쓸쓸하게 산책로 쪽으로 걸어갈 때면 간혹 등 뒤에서 사장님 취향도 참 그렇다, 미쓰 양도 아니고 미쓰 구라니, 소리가 들려왔다.

이듬해 봄 소희 언니가 청첩장을 돌렸을 때 나는 우아한 미색 카드에 인쇄된 신랑 이름이 소희 언니가 처녀 무당에게 건넨 이름 중 어느 쪽인지 몹시 궁금했지만, 감히 물어볼 수가 없었다. 언니는 몸 고생과 맘고생 중 어느 쪽을 선택했을까? 회사 사람들은 소희 언니가 땅 부잣집 맏며느리가 되었다고 했다. 역시 결혼은 신랑보다는 시댁 보고 하는 거라고 말하기도 했다. '신랑보다는'이라는 말이 어쩐지 불길했다. 청첩장을 돌린 뒤로 소희 언니의 얼굴이 눈에 띄게 어두워진 것은 내 착각일까? 결국, 나는 어느 날 식당을 나가는 소희 언니 뒤를 따라가 산책로 한가운데서 언니를 붙잡고 참아왔던 말을 하고야 말았다. 언니! 맘고생도 몸 고생도 안 하면 안 돼요? 그냥 언니 혼자 행복하게 살면 안 돼요? 나는 언니가 행복하면 좋겠어요. 나는 언니가 좋아요, 라고는 하지 않았다. 내가 생각해도 너무 뜬금없었으니까. 발목이 잘록하고 뒷모습이 아름다운 소희 언니가 처음 보는 딱딱한 얼굴로 말했다. 그래서, 너는, 행복하려고, 늙은 홀아비 앞에서, 다리를 벌렸니? 언니는 그 짧은 문장을 단번에 말하지도 못하고 부들부들 떨다가 끝내 울음을 터뜨렸다.

그날 이후 언니는 결혼식 전날 회사를 그만둘 때까지 내게 말 한마디 건네지 않았다. 나는 언니의 결혼식에 갔다. 내 형편을 고려하면 터무니없이 두툼한 봉투를 축의금으로 건네고 하객석 앞쪽에 앉아 열심히 박수를 쳤다. 면사포가 길게 늘어진 아름다운 언니의 뒷모습을 보면서 진심으로 언니의 행복을 빌었다. 옆에 앉았던 총무부장이 옆구리를 찌르며 말했다. 야, 미쓰 구야. 이 좋은 날 네가 왜 우냐? 미쓰 양 언니가 부러워서 우냐? 시집 못 가 서러워서 우냐?

*

집안의 빈 자루가 되기 전 아버지는 사실 꽤 다정한 아빠였다. 예닐곱 살 무렵이던가. 아버지는 저녁 식사 후 배를 꺼뜨려야겠다면서 나를 자전거 뒤에 태우고 불광천을 따라 천천히 달렸다. 어린 동생들은 자기들도 태워달라며 징징거렸지만, 아빠는 꼭 나만 태웠다. 은정이, 아빠 몸 꽉 잡아라. 내가 아빠 허리 양쪽을 꼭 움켜잡으면 아빠는 자전거를 출발시켰다. 은정이, 다리 들었니? 정신 놓고 있다가 돌아가는 바큇살에 종아리가 끼어 다친 후로 아빠는 버릇처럼 확인했다. 우리 은정이, 다리 들었니? 나는 주변 풍경이 아무리 멋져도, 뺨을 간질이는 바람이 아무리 상쾌해도 자전거 뒷자리에 타면 양다리를 15도 각도로 드는 걸 잊으면 안 된다고 명심했다. 검은 수면에 가로등 불빛이 오렌지빛으로 어른거려도, 산책 나온 사람들이 유령처럼 스쳐 갈 때도 아빠는 뒷자리의 내게 다정하게 물었다. 우리 구은정 양, 다리 들었니? 그러나 소희 언니의 매몰찬 말을 들었을 때 나는 십수 년간 내 기억이 왜곡되었음을 비로소 깨달았다. 은정이, 다리 벌렸니? 확실히 벌렸니? 아빠는 분명 그렇게 물었었다.

＊

사장은 칠십대 중반에 췌장암 진단을 받았다. 그리고 그 무렵 이미 부사장이 되어 경영 일을 배우던 아들에게 회사 일을 완전히 넘기고 치료에 전념했다. 사장이 치료를 포기하고 호스피스 병동에 들어갔을 때 마지막 인사를 하러 갔다. 그때 나는 친환경 목제 가구와 미니멀리즘의 유행에 따라 새로 만든 가구 사업부를 꽤 성공적으로 이끌고 있었다. 간병인이 자리를 비운 사이 사장에게 물었다. 혹시 제가 일본에 있는 어떤 분에게 연락을 드리기를 원하세요? 건방지게 함부로 넘겨짚은 질문이었다. 편잔을 각오한 질문이었는데 사장은 의외로 순순하게 대답했다. 구 부장, 우리는 말이야. 서로 기다리지 않기로 했어. 처음부터 그렇게 약속하고 만났어.

그 무렵 이십대 초반의 나와 오십대 중년 홀아비였던 사장 사이를 둘러싼 불미스러운 소문은 회사 창고 깊숙이 처박힌 지 오래였다. 이제 회사 안에 떠도는 내 별명에는 '처녀 가장'은 고사하고 '노처녀'처럼 성적인 뉘앙스를 풍기는 단어도 완전히 사라져버렸다. 그나마 성별을 암시하는 별명은 '억척 아줌마' 정도? 가장 경악했던 별명은 '불

알 없는 남자'였는데, 뭐 그것도 이제 그러려니 했다. 그런데 사장이 죽고 나서 변호사가 공개한 유언장에 내 이름이 언급되었다는 소식이 퍼지자 다시금 나와 사장의 관계를 의심하는 숙덕거림의 파도가 한차례 회사를 휩쓸고 지나갔다. 그러나 요란한 술렁임과 현 사장의 역력한 긴장이 무색할 정도로 사장이 내게 남긴 유산은 소박했다. 사장은 자신의 환갑을 기념해 사장실 안쪽에서 직접 오동나무로 서랍장을 만드는 일에 골몰했었다. 노인의 고요한 취미 생활이라고 하기엔 꽤 열심히 만들었던 기억이 난다. 사장은 온갖 기구가 갖춰진 작업장에 가지 않고 자신의 방에서 그 모든 일을 천천히 해결했다. 결재를 받으러 사장실에 들어가면 늘 나무 냄새가 고여 있었다. 방금 깎은 연필 냄새. 바닥에 툭 떨어진 대팻밥이 피워 올리는 향. 작업 내내 사장의 표정은 편안했다. 사장은 그 서랍장을 내게 주라고 유언장에 썼다.

현 사장이 뒤에서 지켜보는 가운데 서랍장을 열어보았다. 사장이 입원 전에 정리를 끝냈는지 서랍 안에 든 건 별로 없었다. 몇 년에 한 번씩 회사 홍보용으로 제작했던 브로슈어와 직원용으로 제작한 다이어리, 수첩, 문구 등이 연도별로 정리되어 있었는데, 전부 내 책상 서랍에도 똑같이 들어 있는 것들이었다. 나는 현 사장에게 보여주듯 내용물을 하나씩 꺼내 탁자 위에 늘어놓았다. 별다른 귀중품이나 중요 서류 같은 게 없다는 걸 확인한 현 사장이 눈에 띄게 안도하며 말했다. 우리 아버지, 구 부장 누님을 정말 딸처럼 여겼나 보네. 왜, 딸이 생기면 오동나무를 심었다가 시집갈 때 그 나무로 장을 만들어 보낸다잖아요? 뭘 저렇게 열심히 만드시나 했더니 처음부터 누님한테 물려줄 생각이었어. 우리 누님, 지금이라도 빨리 시집가셔야 하는 거 아냐? 현 사장은 저 아쉬울 때만 나를 누님이라고 불렀다. 어울리지도 않는 너스레를 떠는 현 사장의 말을 들으며 나는 현 사장 역시 오래전 나와 제 아버지를 둘러싼 소문을 들은 적이 있구나, 직감했다.

회사 용달차를 빌려 서랍장을 집으로 옮겼다. 나 혼자 사는 집에서 다시 서랍장을 열어보았다. 맨 아래 서랍을 밖으로 완전히 뺐다. 사장이 거기에 비밀 공간을 만들 때 보여준 적이 있다. 손을 더듬어 서랍 바닥의 돌출 부분을 누르자 딸각 소리와 함께 비밀의 공간이 열렸다. 거기 봉투 세 개가 딱 맞게 들어가 있었다. 하나는 오만 원권 지폐가, 또 하나는 만 엔 지폐가 들었는데 둘 다 꽤 두툼했다. 한화와 일화를 모두 합치면 내 연봉 정도의 금액이 되었다. 나머지 두 개보다 작고 얇은 봉투에는 사진 한 장이 들어 있었다. 사장을 처음 만났을 때 이미 늙은 남자라고 여겼는데, 오랜만에 보는 사진 속 사장은 꽤 젊었다. 거대하게 쌓인 둥근 통나무 단면들을 배경으로 사장과 사토 상이

서 있었다. 사토 상은 카메라 쪽을 보고 활짝 웃고 있고 사
장은 방심한 표정으로 옆의 사토 상을 곁눈질하고 있었다.
20년도 더 전에 내가 몰래 셔터를 눌렀던 사진들 가운데
한 장일 것이다. 왜 나였을까? 이 사랑의 목격자이자 증언
자로 하필이면 왜 나를 선택했을까? 그날 밤 나는 사토 상
에게 편지를 써야 할지 밤새 생각했다.

*

통나무 위에서 바라보는 노을은 형체 없는 내 영까지
물들이며 붉었다. 영 상태로 나는 물기도 없이 울었다. 지
금쯤 내 자궁도 저렇게 붉은 모습으로 검체가 되어 스테인
리스 그릇에 담겨 있겠지. 인제 그만 돌아갈까? 약간의 무
게를 잃었을 내 몸에. 영과 몸이 하나가 되어 찾아가볼 곳
이 떠올랐다.

*

가게 이름은 구루미(胡桃)였다. 처음 사장이 일본 지
폐가 든 봉투를 건네며 24시간의 자유를 주었을 때 나는
당장 뭘 해야 할지 알 수 없어 당황했다. 일본어가 능숙하
지 않아 겁이 나기도 했다. 출장 첫해 자유 시간은 호텔 주

변을 걷다가 아무 식당에나 들어가 밥을 먹고 아무 커피숍이나 들어가 커피를 마시며 심심하게 흘려보냈다. 출장이 반복될수록 그 시간을 알뜰하게 쓰고 싶어 미리 계획을 세웠다. 도쿄 시내 관광지를 전부 훑었고 유명 식당과 디저트 가게를 섭렵하기도 했다. 10년쯤 그 패턴이 반복되니 지겨워졌다. 만사가 귀찮아 호텔 방에 틀어박혀 종일 자다 온 해도 있었다. 삼십대 중반부터는 그 시간을 조금 편안하게 보내기로 했다. 지하철을 타고 낯선 역에 내려 그 동네를 천천히 산책하다 마음을 끄는 식당에 들어가 동네 사람들 사이에 섞여 밥을 먹고 눈에 띄는 서점에 들어가 그림책을 한 권 사서 역시 마음을 끄는 커피숍에 들어가 커피를 마시며 책을 보는 패턴이었다. 좁은 골목에 작은 집들이 다닥다닥 붙은 동네는 낯설면서도 어딘가 익숙했다. 그 패턴을 5년 정도 반복했을 때 카페 구루미를 발견했다. 고양이 한 마리가 '구루미'라는 글자와 호두 그림이 그려진 나무 입간판 옆에 엎드려 자고 있었다. 가게 안에서 커피향과 나무 냄새가 풍겼다. 방금 깎은 연필 냄새. 막 바닥에 떨어진 대팻밥의 냄새. 아담한 가게 안에 작은 목공예 소품이 걸려 있었다. 주인은 커피도 팔고 목공예 소품도 판다고 말하며 쑥스럽게 웃었다. 나는 그 후로 매년 그 가게에 갔다. 그 사람이 만든 커피를 두 잔씩 마셨고 그 사람이 만든 빵을 밥 대신 먹었다. 그 사람은 부드러운 음성으로 내가 사 간 그림책을 읽어주고 내가 이해하지 못하는 문장은 쉽게 풀어 설명해주었다. 그럴 때면 어느새 낯을 익힌 고양이가 우리 옆에 앉아 골골거렸다. 그 고양이의 이름은 길었다. 구루미 라테 아로니아 바로네즈 3세랍니다. 그 사람이 그림책을 읽어줄 때처럼 다정하게 설명했다. 고양이의 털은 하얀 우유 거품과 에스프레소가 섞여가는 라테 색깔이었다. 이 고양이는 근처 아로니아 농장에서 구조되었어요. 형제들에게 따돌림을 당했는데 어미가 외면했대요. 지브리 애니메이션을 무척 좋아하는 우리 어머니가 「고양이의 보은」에 나오는 바론처럼 반드시 남작 칭호를 붙여줘야 한다고 고집했는데 이 아이가 여자애라서 바로네즈 3세가 된 거예요. 물론 바로네즈 1세는 어머니지요. 구루미는 가게 이름을 딴 거고요? 그 사람이 나를 말갛게 바라보더니 수줍게 시선을 돌리며 말했다. 예. 내 이름이기도 하고요. 나는 가게를 나올 때마다 내년에 또 올게요,라고 인사했다. 언젠가는 크게 용기를 내어 내가 묵는 호텔과 방 번호를 알려주었다. 밤에 만난 그 사람의 몸은 따뜻하고 둥글었다. 다음 날 아침 헤어지면서 그 사람이 처음으로 물었다. 내년에도 또 오나요? 나는 고개를 끄덕였다. 나는 그다음 해 일본에 가지 않았다. 사장과 달리 나는 그 사람을 기다리게 했다.

*

　내 몸은 회복실에 가 있었다. 간병인이 내 뺨을 톡톡 치며 나를 깨우고 있었다. 일어나요. 얼른 깨어나서 호흡해야지. 정신 차려요. 나는 회복실 천장에서 그 모습을 물끄러미 내려다보며 있지도 않은 영의 뺨을 어루만졌다. 21그램 더하기 자궁의 무게만큼 가벼워진 내 몸이 억울하게 뺨을 맞고 있었다. 나는 그런 내 몸을 구해줄 생각도 없이 그저 이런저런 것들의 무게가 궁금했다. 사토 상 미소의 무게. 그 사람 기다림의 무게. 사장이 나를 선택했을 때 내게 부려놓은 소문의 무게. 아버지가 돌리던 자전거 바큇살 사이의 무게. 우리 구은정 양, 다리 벌렸니? 소희 언니가 별안간 터뜨린 눈물의 무게. 내 안에 새로 생긴 빈자리의 무게. 그 없어짐의 무게.

　툿.

　풋.

　어디서 나무 익는 소리가 들린다. 들어낸 자리에 무엇이 드러났을까. 지금 내 몸은 뭐라고 말할지 물어보러 가야겠다.

이주혜

인터뷰

이주혜 ✕ 이희우

이희우　　이 소설을 펼치자마자 화자가 몸을 이탈한 영혼이라는 점이 눈에 띄었어요. 영혼이 몸이 있는 수술실을 떠나 공장의 통나무 위로 옮겨 가고, 통나무 위에 앉아 지나온 시간을 회상하고, 마지막엔 다시 몸으로 돌아갑니다. 거칠게 요약하자면 '비현실의 자리에서 지나온 현실을 돌아보는 소설'이라고 할 수 있겠지요. 하지만 그런 요약은 수술대 위의 몸과 공장에 쌓인 통나무의 존재감을 잘 설명하지 못하는 것 같아요. 몸과 나무는 은정이 생각을 이어가는 와중에도 계속 틈이 생기고 있는 것들입니다. 쓰는 입장에서 '영혼' '통나무' '몸'이라는 세 가지 요소가 어떤 이유로 선택되었을지 궁금합니다.

이주혜　　나이가 들어가면서 '몸'이 제게 자꾸 말을 겁니다. 노화는 과연 잃는 과정일까요? 무엇이 사라지고 비어가는 일을 상실이라고 불러야 할까요? 어렸을 때 삶은 뭔가를 추구하고 그것을 내 것으로 만들어 채워가는 과정이라고 생각했습니다. 그런 기준으로 제 삶을 바라보면 저는 이미 그래프의 하강 곡선에 들어서 마이너스를 향해 달려가고 있지요. 그 생각에 저항하고 싶습니다. 나무는 잘려 통나무가 되고 통나무는 건조와 '숙성'의 과정을 거쳐 또 다른 목제 사물이 됩니다. 그것을 성장이라고 부를까요? 저는 성장과 숙성과 변화와 하락 중 어디쯤을 걸어가고 있을까요? 통나무 속 수분이 날아가면서 공간이 생기면 나뭇결은 비틀리기 마련이고 그만큼 단단한 속성의 다른 물질이 됩니다. (물론 잘못 뒤틀려 영 '쓸모가 없는' 것이 되기도 합니다.) 제 안에는 무엇이 날아가고 어디가 비틀리며 또 다른 물질로 변화 중일까요? 답은 도통 모르겠고 적어도 사람이 살아가는 일을 두고 상승과 하락, 플러스와 마이너스라는 개념을 들이대지는 말자, 생각하는 요즘입니다.

이희우　저는 소설 속 은정과 사장의 관계가 무척 흥미로웠습니다. 두 사람은 각자의 비즈니스와 사랑을 위해 서로 이용하거나 의존합니다. 한편으로 사장은 은정이 사내에서 겪는 따돌림과 오해의 원인 제공자이기도 합니다. 그러면서도 두 사람은 서로를 믿고 이해하는 동지처럼도 보이는데요. 두 인물의 관계를 여성과 퀴어, 소수자와 소수자, 고용주와 노동자처럼 좀더 일반화된 관계에 대한 알레고리로 해석할 수도 있을 듯합니다. 이 묘한 관계를 통해 무언가 독자들에게 전달하고 싶은 것이 있으셨나요.

이주혜　처녀 보살의 말에 의하면 은정은 무겁게 '이고 진' 사람입니다. 고작 스무 살에 가장의 무게를 졌고, 사장과의 소문을 감내해야 하는 오해의 짐을 졌고, 동경했던 소희 언니에게는 몰이해와 비난의 짐을 받습니다. 은정이 조금이라도 가벼워진 순간은 수술실에서 자신의 자궁을 들어냈을 때가 유일하지 않을까요? (이렇게 생각하니 너무 미안해지네요.) 사장은 자신의 사랑을 위해 은정을 이용합니다. 그러나 그 이용은 나름의 비용을 치릅니다. 물론 '합당한' 비용인지는 논란의 여지가 있겠습니다만. 사장은 자신의 이용이 일방적인 착취가 되지 않도록 안전장치를 걸어놓을 줄 아는 기민한 사람이기도 하지요. 거기서 사장과 은정 사이의 다소 기형적인 연대와 우정이 발생하고요. 사장은 '그 사람'과 처음부터 기다리지 않기로 약속하고 사랑합니다. 그것 역시 기민한 사장의 안전장치일 테지요. 말년의 사장이 사장실에서 오동나무 서랍장을 만들었을 때의 장면을 떠올려봅니다. 사장은 나무를 깎고 서랍에 비밀 공간을 만들고 거기에 사랑의 '증명사진'과 그 목격의 사례인 돈 봉투를 감추며 무슨 생각을 했을까요? 봉투에 얼마를 넣어야 보상이 될까 헤아렸을 순간 그는 자신의 기만을 어떻게 참아냈을까요? 그래서 저는 은정에 비해 사장에게는 많이 미안해하지 않기로 합니다.

사장이 적극적으로 '사랑하는 사람'이라면 은정은 감히 '사랑하지 않는 사람'입니다. 사장이 오직 사랑을 위해 일본 출장을 기획하고, 매년 은정을 목격자로 데려가고, 마침내 유언을 통해 은정을 사랑의 증언자로 지목하는 '사랑주의자'라면 화자는 첫사랑 소희 언니에게도 "나는 언니가 좋아요"라는 말 한 마디를 제대로 못 하고 결혼식장에서 울며 박수나 치는 사람이지요. 뒤늦게 일본에서 발견한 사랑도 화자가 먼저 약속을 지키지 않음으로써 그 사람을 기다리게 만들어버렸고요. 어쩌면 이고 진 게 너무 많은 은정에게 사랑은 더할 엄두가 나지 않는 가장 무거운 짐이 아니었을까요? 그러나 영이 된 은정은 수술대 위에 빈 자루처럼 누운 자신의 몸을 바라보며 사장의

140
이주혜 × 이희우

유산을 떠올립니다. 30년간의 기이한 우정이 남긴 유산의 실체는 무엇이었을까요? 오동나무 서랍장? 그 안에 숨긴 1년 치 연봉? 사장의 사랑을 증명하는 우연한 사진 한 장? 화자는 기억 속에 밀쳐두었던 그 사람을 다시 떠올리고, 몸과 영이 하나가 되면 자신에게도 어렴풋이 존재했던 '사랑의 자리'를 찾아가봐야겠다고 생각합니다. 그 순환이야말로 어쩌면 사장이 은정에게 남긴 유산의 실체 혹은 뒤늦은 변제가 아니었을까요?

이희우　결이 비슷한 질문일 수도 있는데요. 은정은 수술실에 누워 있는 자신의 몸을 "쓸모를 유예당한 빈 자루"라고 묘사하고 몇 페이지 뒤에서 직업을 잃은 아버지가 "쓸모없는 빈 자루"처럼 존재했었다는 것을 회상합니다. 이처럼 은정은 아버지에게서 거리 두는 듯하다가도 그에게 깊은 동질감을 느끼는 것 같습니다. 또 결정적인 순간에 갑자기 아버지를 떠올리곤 하는데요. 특히 소희 언니의 모진 말과 아버지의 다정한 말이 중첩되는 장면은 읽는 사람을 흠칫하게 할 만큼 기묘한 감각을 자아내는 것 같아요. 아버지 혹은 아버지의 이미지가 은정의 삶에 갖는 영향력은 어떤 것일까요? 또 그 영향력을 문득문득 드러나게 하면서 무언가 의도한 바가 있으신가요?

이주혜　은정의 엄마는 늘 화자 몸의 쓸모를 걱정합니다. (여자애 키가 170이 넘어서 '어디에 쓴다니?' 여자애 몸무게가 70킬로그램을 넘겨서 '어디에 쓴다니?') 우리는 몸을 '써서' 먹고살아야 한다고들 하지요. 몸과 정신 사이에는 오래전부터 위계질서가 존재해왔습니다. 몸은 쉽게 대상화되고, 거기에는 물질과 몸에 대한 몰이해가 작동하지요. 특히 일하지 않는 몸('쓰지' 않는 몸, 혹은 돈을 벌지 않는 몸)은 쉽게 멸시당하고 젊은 여성의 몸은 가장 널리 대상화가 됩니다. 은정은 '처녀 가장'이라는 말을 끔찍하게 싫어하는데, 그런 꼬리표를 떼어내는 방법은 아버지가 회복되어 가장의 역할을 도로 가져가거나 혹은 자신이 나이가 들어 '처녀'라는 말에서 벗어나거나, 둘 중 한 가지밖에 없지 않을까요? 그러나 아버지는 끝내 회복하지 못하고(실제로도 그렇고 처녀 보살의 예언으로도 그렇죠) 은정은 자신에게 부려진 가장의 무게를 견디며 나이 들어갈 수밖에 없습니다. '벌어 먹고사는' 일에 때 이른 부담을 지고 살아가지만, 가장의 자리에서 스스로 물러난(그러나 정확히 '스스로'만은 아니었던) 아버지를 향해 품을 법한 원망의 순도는 그리 높지 않았을 것 같아요. 어린 딸을 걱정하는 말이 '다리 확실히 벌렸니?'라는 (오해의 요소가 다분한) 물음이었듯이 은정은 자신에게 부담과 애정을 동시에 안겨준 아버지에게 원망과 연민이 섞인 양가감정을 느껴야 했을 겁니다.

　　아버지의 대척점에 있는 인물이 소희 언니가 아닐까 싶은데요. 아버지가 '다리를 벌렸니?'라는 질문을 통해 어린 딸을 향한 순진한 애정을 드러내면서 동시에 가장의 무게를 덤터기 씌우고 자신은 빈 자루처럼 널브러진 무책임하고 무능한 껍데기 가부장을 나타낸다면, 소희 언니는 최소한 몸 고생과 마음고생 중 하나는 예고된 결혼 제도 안으로 (제 발로) 걸어 들어가는 자신의 막연한 공포를 동료 여성에게 투사하는 방식으로 '그래서 너는 다리를 벌렸니?'라는 질문을 사용합니다. 굳이 저울질해본다면 두 말 중 은정을 더욱 아프게 때린 말은 당연히 소희 언니의 말이겠지요. 은정의 애정은 아버지보다는 소희 언니 쪽으로 훨씬 가파르게 기울었을 테니까요. 은정은 아버지를 연민하거나 원망할 수는 있지만 그 안에서 자신을 발견하지는 못합니다. 그러나 은정과 소희 언니는 상대방에게서 자신을 발견하고 탄성을 지르거나 울음을 터뜨리는 훨씬 더 복잡한 관계이고, 이런 관계에서 양가감정은 오히려 사치가 아닐까, 그저 모 아니면 도가 아닐까, 하는 생각이 드네요.

이희우　　은정은 주변 사람들의 오해와 몰이해 속에 살아온 사람입니다. 은정의 영혼은 그 기억을 담담한 어투로 회상하지만, 당시에는 너무나 고통스럽고 외로웠을 것 같아요. 작가님의 전작인 『자두』(창비, 2020)에서도 주변 사람들로부터 이해받지 못하는 여성이 화자로 나왔었지요. 몰이해 속에 있는 여성의 고독과 욕망이 작가님의 소설이 천착하는 문제라고 볼 수 있을까요? 혹은 소설에 종종 뒤따르는 이런 종류의 해석에 대한 작가님의 생각을 들어보고 싶습니다.

이주혜　　이해는 잠시나마 서로의 영혼이 포개지는 가장 반짝이는 순간이라고 생각합니다. 그만큼 오해 혹은 몰이해는 날카

로운 것으로 영혼을 긋는 가혹한 순간이 될 수도 있겠지요. 사랑하는 사람에게 이해받는 일이 더없는 기쁨이라면 사랑하는 사람에게 오해받는 일은 처절한 고통입니다. 여기서 키워드는 '사랑'입니다. 내가 사랑하지 않는 사람의 오해는 나를 벨 수 없다는 오기 어린 선언이랄까요? 『자두』에서 에이드리언 리치와 엘리자베스 비숍은 각각 남편과 연인의 자살 원인 제공자로 비난받지만, 숱한 오해와 비난도 그들의 영혼까지는 건드리지 못합니다. 두 사람은 끝내 고개를 들고 걸어가지요. (그게 얼마나 '쫄리는' 일인지 생각만 해도 식은땀이 흐르네요.) 이 소설의 화자 역시 끝내 고개를 들고 걸어가주길 바랐는데, 이 역시 은정의 짐을 더 무겁게 만든 게 아닐까 싶어 다시 미안해집니다.

　　말씀하신 대로 이해와 오해는 소설을 쓸 때, 혹은 사람을 만나 관계할 때 제가 특별히 집중하는 주제입니다. 이해 혹은 오해의 대상은 반드시 상대방 인간으로 제한되지도 않을 테고요. 수많은 혐오가 세계와 동료 인간을 제대로 이해하고자 하는 노력을 외면하고 게으름을 부린 결과이거나 때로는 적극적이고도 악의적인 오해의 산물인 걸 볼 때마다, 정확한 이해를 향한 노력은 사회적 존재로서 인간의 기본 책무이지 않을까 하는 다소 서늘한 마음이 듭니다. 순간이나마 이해가 사람을 살리기도 하고 오해가 사람을 죽이기도 하지 않던가요? 그런 서늘하고, 때론 울분이 솟고, 때론 코끝이 매워지고, 때론 한숨 돌릴 수도 있게 하는 순간들을 포착해 문장으로 만드는 일, 그것이 소설 쓰기와 관련해 제가 가장 자주 생각하는 주제가 아닐까

이주혜 × 이희우

싶어요.

이희우 오랫동안 번역을 해오신 것으로 알고 있습니다. 아마 번역과 소설 쓰기는 다른 결의 작업일 것 같은데요. 혹은 자연스럽게 연결되는 작업이라고 느끼실 수도 있을 것 같아요. 두 작업 사이에 있는 간극이나 연속성에 대해, 혹은 번역에서 소설 쓰기로 옮겨 갈 때의 '모드 전환' 같은 것이 있는지 궁금합니다.

이주혜 번역도 소설 쓰기도 '세계를 읽는' 행위에서 출발합니다. 세계를(텍스트를) 읽고 쓰는(옮겨 쓰는) 행위라는 점에서 번역과 소설 쓰기는 크게 다르지 않습니다. 다만 키보드를 두드리는 속도가 다르고 골몰할 때 욱신거리는 두통의 부위가 다르기는 합니다. 가장 큰 차이라면 소설을 쓰고 있을 때는 한없이 외로워지는데(제가 아니면 이 소설을 끝내줄 사람이 없으니까요!) 번역을 하고 있을 때는 저자와 원서라는 길잡이가 있어서 꽤 든든하단 점이라고 할까요? 심지어 모르는 단어를 알려주는 사전과 검색 엔진까지 있으니 번역은 장비를 잘 갖추고 높은 산에 오르는 심정인 데 반해 소설은 허술한 차림으로 동네 뒷산에 올랐다가 갑작스레 소나기를 만나거나 길을 잃어버리는 것처럼 막막함을 안겨줍니다. 번역을 할 때는 '힘들다!' 그렇지만 '재밌다!'라는 말을 가장 많이 하고 소설을 쓸 때는 '고통스럽다!' 그래서 '내가 밉다!'라는 말을 가장 많이 합니다.

이희우　　작가님의『자두』에서도 돋보이는 문제였던 돌봄, 연대, 공감, 여성의 삶과 욕망은 오늘날 한국의 많은 소설이 집중적으로 다루고 있는 화두라고 보이는데요. 최근의 소설 동향이나 어떤 작품들과 직간접적인 영향을 주고받고 있다고 생각하시나요? 추가적으로 작가님이 이 소설을 쓰는 데 영향을 준 작품이나 콘텐츠, 사건이나 이야기 등이 있다면 여쭤보고 싶습니다.

이주혜　　하고 싶은 이야기와 할 수 있는 이야기가 일치할 때 비로소 한 문장을 쓸 수 있다고 생각해요. 그러나 하고 싶은 이야기가 할 수 없는 이야기일 때 혹은 할 수 있는 이야기이지만 하고 싶은 이야기가 아닐 때는 단 한 줄도 쓸 수 없게 되지요. 그래서 내가 할 수 없는 이야기를 다른 작가가 써냈을 때 그것을 읽는 나는 큰 기쁨을 느낍니다. 내가 쓴 어떤 이야기가 다른 작가에게 비슷한 기쁨을 선사한다면 더할 나위 없이 기쁘겠지요. 이런 면에서 '우리'는 '따로 또 같이' 쓰고 있다고 생각하고, 개인적으로 '우린 함께 하고 있어!'라고 (제멋대로) 생각하며 몰래 흠모하는 작가들이 있습니다.

　　추가 질문에 답을 드리자면 최근 제 소설 쓰기에 큰 영향을 준 책은『새벽 세 시의 몸들에게』•입니다. 이 책의 부제가 말해주듯 책에 담긴 '질병과 돌봄과 노년에 대한 다른 이야기'는 자꾸만 말을 거는 제 몸에 대한 열쇳말을 쥐여주고, 노화와 질병과 돌봄에 관해(그리고 그 관계들에 관해) 반복적인 질문을 던져줍니다. 저는 아직도 그 질문들에 대답하기 위해 여전히 읽고 쓰고 옮기고 있습니다.

●   김영옥 · 메이 · 이지은 · 전희경, 생애문화연구소 옥희살롱 기획, 봄날

의책, 2020.

수록 작품 발표 지면

윤광호 『에픽』 2021년 10/11/12월호
아무도 『문학과사회』 2021년 겨울호
그 고양이의 이름은 길다 『자음과모음』 2021년 겨울호